Nanami SHIONO

Le Cronache Italiani

Shinchosha

塩野七生

愛の年代記

新潮社

目次

愛の年代記

大公妃ビアンカ・カペッロの回想録

今から数えて、ほぼ百五十年前の一八二七年のことである。当時、出版を業としていたヴィンチェンツォ・バテッリは、新しく買ったばかりの家の地下室で、古い書き物の束を見つけた。家というよりは大邸宅といったほうが適当なこの建物は、フィレンツェの街中を流れるアルノ河にほど近いマッジョ通《五月》りにあり、四世紀も昔にさかのぼる一五〇〇年代に、有名なビアンカ・カペッロが、まだ大公の愛人であった頃に住んでいた屋敷である。

バテッリの発見した古い書き物の束は、しみの跡が点々とした、あちこちが破れている、文字の色もセピア色に変色した二十三枚の大型の紙片が、むぞうさにまとめられているものだった。どの紙片も、細かい文字でぎっしり埋まり、書き直しや消した箇所が随所にあった。とにかく、判読するには大変なしろものであったらしい。しかし、イタリアの中の大国、トスカーナ大公国の妃《きさき》の手になる手稿ともなれば、貴重な史料であることは疑いない。発見者バテッリは、歴史研究者でもあり、自分とは友人仲間でもあったステファノ・ティコッツィに、この古文書の判読と整理を依頼した。ティコッツィも、興味を持ったらしい。こうして、その同じ年、古い書き物の束は、『ビアンカ・カペッロの回想録』として、陽の目を見ることができたのだった。

これから紹介するのは、それの翻訳である。ただし、活字にして百五十頁《ページ》にもなる長さであるうえに、正直言って、くどくどとしまりなく書きつらねた文章で、そのままを忠実に訳すと、読者には退屈な部分が多いにちがいない。だから全文は訳さない。また、訳し方も、これは歴史研究者向きに書いているものではないから、原文の文体を尊重しながらも、逐語訳でなく、自由に訳すことにした。もし原文を読みたいと思われる人がいたら、私あてに一報いただければ、原文の出所をお知らせするつもりでいる。

では、はじめよう。今から四百年も昔の十六世紀のイタリアで、愛だけに生きた一人の女の物語を――


一貴族の娘として生れながら、王侯にも劣らぬ幸せを得た今でも、おりにふれて大公閣下がたずねられるたびに、わたくしを今までに苦しめ悲しませてきたことなどを、わたくし自らの名誉が汚《けが》されるのも怖《おそ》れずに、常に素直に答えてきたものでした。

ところが、大公様は、そんなわたくしの物語に興味を示され、いっそのこと回想録として書いてみないか、と言われたのです。わたくしも、この別邸の静かな時の流れを幸いに、これまでのことを整理してみる気持になったのでした。今まではついぞ、回想録を書くことなど考えてみたこともなかったのでしたが。

でも、書くときまった今、わたくしは、大公閣下の深い変らぬ愛を信じつつ、わたくし自らの罪も軽率さもすべて、ここで隠さずに述べるつもりでいます。

わたくしの生家とわたくしの少女時代については、ごく短く述べることになりましょう。

母は、わたくしがまだ八歳にもならない前に亡《な》くなりました。父とわたくしと弟のヴィットリオを残して。光栄あるヴェネツィア共和国に、何百年もの間、功績をつくした男たちを送りつづけてきたカペッロ家は、ヴェネツィア貴族の中でも最高の名誉に浴してきましたが、このカペッロ家の当主である父のバルトロメオの頃になると、父の浪費癖のためもあって、家の内情は、それほど豊かなものではなくなっていました。それで、父は、母亡きあとしばらくして、財産持ちの未亡人と再婚したのです。継母になった人は、エレナ・グリマーニで、アクィレイアの総主教様の妹にあたる方です。この継母は、自分の莫大《ばくだい》な財産と、グリマーニ家という、それこそヴェネツィア貴族中の貴族である家名をかさにきて、わたくしの母がグリマーニ家ほど高名な家の出でないために、その腹から生れたわたくしと弟を、ことあるごとに軽蔑《けいべつ》したのです。

それでも弟のヴィットリオは、カペッロ家の後継ぎなので、父も継母も、あまりひどい仕打ちはしませんでしたが、わたくしにだけは、二人からまったくかまってもらえない日が続きました。その頃のわたくしの世話をしたのは、乳母のカッティーナだけでした。乳母は、人柄の良いやさしい女でしたが、ヴェネツィア貴族の娘にふさわしい教育をほどこしてくれることまではできません。それをしてくれたのは、わたくしの境遇に同情した、ある未亡人でした。亡き母とは、子供の頃から親しくしていたとのことです。

その方は、その頃のヴェネツィアの国の元首アンドレア・グリッティ様の妹で、夫を亡くしてのち、実家にもどっておられたのです。その方は、毎日のように御自分用のゴンドラをわたくしの迎えによこされ、わたくしは、大運河にのぞむグリッティ宮内のその方の部屋で、音楽や刺しゅうのような、生れの良い娘には必要な教育を受けたのでした。

これらのほかに、十二歳になった頃からは、ラテン語とイタリア語の授業も受けるようになりました。先生は、以前に法王レオーネ十世やクレメンテ七世の秘書官をしていた方で、退官後も、アレッサンドロ公やイッポーリト公の家庭教師をなさったことがあります（四人ともフィレンツェの名家メディチ家の出身。この回想録の筆者ビアンカの愛人となるフランチェスコもまたメディチ家の生れなので、互いに親族関係になる）。この学識豊かな先生から教えを受けることができた幸運を感謝するとともに、今から思えば、わたくしとメディチ家との縁の深さを、運命の神のおぼしめしであったかと思ったりもいたします。すべては、この学者を子息方の家庭教師に迎え、わたくしも一緒に弟子の中に加えてくださったグリッティ家の、親切のおかげと忘れるわけにはいきません。授業は、楽しゅうございました。先生もわたくしの才能を愛してくださり、あなたのように見事にラテン語を訳せる女の方は、わたしの弟子の中では、カテリーナ・デ・メディチ様（メディチ家の息女で、その頃はフランス王に嫁いでいた）がおられただけでしたよ、あなたの好運を祈りましょう、と言ってくださったほどです。これもまた、今から思えば予言のように聞えます。

ところが、これらの楽しい日々も、やがて終る日がやってきました。

それは、先生が病に倒れ、もう授業をしてくださることができなくなった時からはじまったのです。さらに悪いことに、数カ月後には、わたくしにとっては母同然であった、あの婦人も亡くなってしまったのです。わたくしには、もうグリッティ宮へ通う理由がなくなりました。

不幸は、波のように次々と押し寄せてくるものです。最後の大波は、わたくしを尼僧院《にそういん》に入れようとする継母の考えに、父までが同意しだしたことでした。その理由というのが、わたくしが結婚でもすれば、カペッロ家の娘にふさわしい持参金を持たせてやらねばならないが、尼になれば、少額の寄付を尼僧院にするだけでよいのだから、というのです。わたくしはそれまでに、これと同じ理由で尼僧にされ、尼僧院の高い壁の内側で、世間並の楽しみも味わえず、自らの不幸を歎《なげ》きながら死ぬしかない、哀れな女たちの話をたくさん聞いていました。わたくしが、暗い不安と絶望に苦しんだとて、誰も不思議には思いますまい。日曜日の朝のミサに列席するために教会へ行くほかは、外出さえ許されない日々をおくりながら、将来への不安と絶望は、小さな胸の底に重く沈んで、ほとんどわたくしを狂わせるほどになっていたのです。

ピエトロを知ったのは、そんな頃でした。わたくしよりは三歳年上のこの若者は、フィレンツェのサルヴィアーティ銀行のヴェネツィア支店で働いているとのことでしたが、伯父にあたる人が支店長でもあり、ピエトロも、有名なサルヴィアーティ家とは縁続きで、銀行のお金は、いつでも自由に使える身分だ、と言っておりました。十六歳を迎えようとしていたわたくしは、グリッティ宮で会ったこともあり、彼の言葉を信じたのです。

ピエトロは、わたくしとグリッティ宮で会うことができなくなってからも、わたくしが日曜ごとに教会へ行くのを待っていて、ミサの席で、周囲を気にしながらも話しかけてくるようになりました。わたくしの不幸に心からの同情を示す彼のやさしい言葉が、その頃のわたくしに、どれほどの安らぎを与えてくれたかしれません。若かったわたくしは、この美男で洗練された物腰のフィレンツェの若者を、心から打ちあけて話せるただ一人の人、と思うようになりました。

ある時、父と継母が、パドヴァの大学で勉学中の弟のところへ行って、家を留守にしたことがあります。慎重さを知らなかったわたくしは、その夜、乳母の手引きで、ピエトロを招いたのです。他の召使たちの眼を避けて、ピエトロは裏階段から忍んできました。その夜わたくしたち二人は、夜が白々と明ける頃まで、互いの頬を互いの涙でぬらしたものです。

このような夜が幾夜か過ぎた後に、わたくしたちは、ヴェネツィアを逃げ出すしかわたくしを不幸から救い出す道はない、と思うようになりました。逃亡の費用は、ピエトロの伯父が出してくれるとのことでした。わたくしも、母が遺《のこ》してくれた宝石を持って行くことにしました(ここでビアンカは明記していないが、逃亡を決心させた原因の一つに、彼女の妊娠があったらしい)。

わたくしは、乳母を巻きぞえにするに耐えられず、逃げ出すと決めた日、彼女を実家へ帰らせ、置手紙だけを残し、迎えにきたピエトロに手を取られて、裏階段の下に待っていたゴンドラに乗り込んだのです。大運河に出て、聖《サン》ジョルジョ・マジョーレ寺院の下にきた時、聖マルコ広場の時計が九時を打ちました。冬の月が、鐘楼を、元首公邸を、聖マルコ寺院の円屋根《まるやね》を、冷たく照らしていました。わたくしは、家を出られる幸福感よりも、祖国ヴェネツィアを捨てるという思いでいっぱいになり、胸がしめつけられるほどの悲しみに耐えることができませんでした。涙があとからあとからわいてきて、ピエトロの腕の中で、どれほどの長い間泣いていたことでしょう。

キオッジアに着いた時、そこでゴンドラを捨て、陸路をフェラーラまで行くつもりのピエトロに、わたくしは激しく反対しました。もう今頃は、わたくしのいないことに、父が気づいたにちがいありません。気づけば、直ちに追手を差し向けるはずです。わたくしは、キオッジアで降りないで、海路をさらにヴォラーノまで行ったほうが安全だ、と言ったのです（キオッジア周辺はまだヴェネツィア共和国領内。ヴォラーノはフェラーラ公国の港）。わたくしの考えをもっともだと思ったピエトロは、ゴンドラの中にわたくしを残し、小船を見つけに行きました。ヴォラーノまで行くとなるともう外海ですから、ゴンドラでは渡れません。小船はすぐに見つかりました。こうしてフェラーラの街に着けたわたくしたちは、はじめての安らかな夜を、寝床の上で迎えることができたのです。

フェラーラからボローニャ、そしてアペニン山脈を越えてピストイアまでの、つらいつらい旅については、今でも思い出すごとに、自分が哀れになるほどです。追手の影におびえ、山賊を怖れながらの悲しい逃避行を、ここでくわしく述べる気持にはなれません。ただひとつ、その旅の途中、ピエトロが、自分はサルヴィアーティ家の親族の列につらなるとはいっても、遠い遠い関係で、実際はサルヴィアーティ家（トスカーナ大公家のメディチ家とは縁戚《えんせき》関係にある）所有の銀行で働かせてもらっているにしかすぎない、と告白したことだけを書いておきましょう。それを聞いたわたくしは、悲しい思いをしましたが、当面の危険がそれを忘れさせ、また、その頃のわたくしは彼を深く愛していたので、彼の偽りを許したのでした。

ピストイアに着いた頃は、冬も終ろうとしていました。わたくしたちは、ピエトロの伯父の一人で、その地の僧院に入っている人を頼って行ったのです。親切なこの僧は、早速、フィレンツェにいるピエトロの父に連絡をつけてくれました。ところが、数日後に訪れたピエトロの父のもたらした知らせが、わたくしたちを絶望の底に突き落したのです。

わたくしの家出は、それを知って怒ったカペッロ家だけの問題ではなくなっていました。ヴェネツィアの元老院は、ヴェネツィア貴族の娘が外国人であるフィレンツェ人にかどわかされたとして、ピエトロの首に、一千デュカート金貨の懸賞金をかけたのです。わたくしの父も一千デュカートを加えたので、ピエトロを殺した者には、二千デュカートもの大金が約束されたことになります。また、わたくしに対しては、ヴェネツィア共和国市民の権利と、ヴェネツィア貴族に与えられる特権すべて、さらに、わたくしに与えられる財産もなにもかも剝奪《はくだつ》すると、公式に決議したということでした。そのうえ、わたくしがヴェネツィアに連れもどされた時は、即刻の尼僧院入りとも決りました。

何という不幸でしょう。わたくしは、追われる身に加えて、無一文の庶民の女におとされたのです。わたくしの持ち出した亡き母の宝石類も、もはやわたくしのものではなく、それを持っているかぎり、盗人《ぬすっと》呼ばわりされるのです。今までは、ヴェネツィア中のもの笑いになっているにちがいない父を思って、申しわけないと思っていましたが、これではあまりにひどい仕打ちだと、つくづくうらみに思うようにさえなったのでした。

人の背に隠れるようにしてフィレンツェの街に入ったのは、もう春も盛りの季節でした。深くかぶった頭巾《ずきん》の中にも、やわらかな春の風が吹き入り、街へ着くまでのトスカーナ地方の田園風景も、色とりどりの花に埋まり、絶望に打ちひしがれていたわたくしの気分を、いくらかやわらげてくれたものです。

聖マルコ広場にあるピエトロの父の家では、ピエトロの母という人が出迎えてくれました。彼女は、貴族の生れだということでしたが、ピエトロの父はただの公証人で、その家の予想以上の質素さに驚いたわたくしにとって、何のなぐさめにもなりませんでした。あの時ほど、グリッティ宮とはいかないまでも、優雅で美しい造りだった、ヴェネツィアのカペッロの屋敷をなつかしく思ったことはありません。

数日後、何か悪いことでもするようにこそこそと、近くの教会で内輪の結婚式をあげました。わたくしは、正式にピエトロの妻となったのです。そしてしばらくして、わたくしは女の子を産み落しました。名は、亡き母をしのんでペレグリーナと付けたのです。

正式に結婚したとはいえ、その頃のわたくしの生活は、どんな日陰の女も我慢できないにちがいないほどの、わびしいものでした。舅《しゅうと》も姑《しゅうとめ》も、ヴェネツィアからの追手がフィレンツェにも入りこんでいると言って、わたくしの外出を許してくれません。夫は、刺客に襲われる危険を気にしながらも、しばしば友人たちと外出しましたが、わたくしだけは、家の外に一歩も出ることができなかったのです。わたくしにできたことはただひとつ、聖マルコ広場に面した窓から、姑のいない時を見はからって、そっと外をのぞくことだけでした。近くにある植物園の樹々の葉が、初夏の陽光を受けて輝くのを眺めながら、わたくしには、有名なフィレンツェの美しさを賞《め》でることさえ許されなかったのです。

そんなわびしい日々を、一年余りも過した頃のことでした。聖マルコ広場を横ぎり、植物園へ向う、美々《びび》しい供ぞろいを従えて馬で行く一人の貴公子の姿を見かけるようになったのです。それがある時、窓辺に立つわたくしの姿をみとめられたのでしょう。貴公子は、羽根飾りも美しい帽子を脱がれ、馬上からわたくしに向って、優雅なあいさつをされたのです。わたくしもついさそわれるように、軽く礼を返したのでした。貴公子は、そのまま去って行かれました。

こんなことが、幾度か重なりました。貴公子は、広場を横ぎるたびにわたくしの立つ窓辺を見あげ、あいさつを送られるようになり、わたくしもまた礼を返す度が、だんだんと多くなったのです。いや、わたくしのほうこそ、その頃は気づいてもいませんでしたが、貴公子のあらわれるのを、いつのまにか心待ちするようになっていたのかもしれません。あの方の姿が見えない日など、ひどく淋しい思いで、窓をそっと閉じたのをおぼえております。夫を持つ身でありながらのふしだらな行い、と非難されても一言もありません。ただ、あの若い貴公子をとりまく花やかな雰囲気が、祖国を捨て、思いもかけない惨《みじ》めな境遇に泣くわたくしに、今は昔となってしまったヴェネツィアでの優雅な日々を、思い出させてくれたのだとしか言えません。

ある日わたくしは、いつも植物園に入って行くあの貴公子はどなたか、と舅にたずねたことがあります。舅は、すぐにも想像がついたように、あの方はフランチェスコ様といって、トスカーナ大公コジモ様の世継ぎの、たしか二十歳になられた若君だ、と答えました。舅は続けて、武勇のほまれ高い父君にくらべて、世継ぎの君は、化学や植物学に興味を持ったり、芸術にも関心を示すので、いずれは大公になられる方なのにと、父君以下、少々心配されているらしい、とつけ加えたのです。わたくしはそれを聞きながら、そのフランチェスコ様こそ、学問や芸術の保護者として有名になったメディチ家にふさわしいお方ではないかと思いましたが、ただでさえ自分たちの息子が首を狙《ねら》われる身になったのは、わたくしという嫁のせいだと思っている舅や姑の前では、こんなことさえも口に出す勇気が、その頃のわたくしにはなかったのです。

それから数日が過ぎた、ある日のことでした。いつになく親し気に話しかけてきた姑が、モンドラゴーニ侯爵《こうしやく》夫人がわたくしに会いたがっている、と言いました。わたくしは、そういう方は存じあげない、と答えましたら、姑は何か打ちあけるように、侯爵夫人は世継ぎの君フランチェスコ様の乳母だった方で、会いたいと言われるのは実はフランチェスコ様なのだ、と言ったのです。そして、大公の世継ぎの君の好意を得ることができれば、追われる身で職もないピエトロにとっても、何かと心強いからぜひ行くように、とも言いました。このことは、舅も夫も承知していると言われては、嫁のわたくしとしては従うしかありません。

　次の日の夕暮、侯爵夫人差しまわしの馬車が、家の前に止りました。わたくしは、舅と夫に付きそわれて、それに乗りこみました。馬車にゆられながら、わたくしは、自分で自分にこう言いきかせていました。今から会う方は、フィレンツェ市民と結婚したわたくしにとっては主君にあたる方、しかし、王侯との結婚さえ不思議とされないほどの格式を持つ、ヴェネツィア貴族の血を引くこのわたくし、決して哀願などはすまい、と心に誓ったのでした。

　あの時の、馬車の窓から入る夏の夜風のさわやかさを、十七年が過ぎた今でも、まるで昨日の出来事のように思い出します。


　わたくしと夫と舅が乗った馬車が侯爵夫人の屋敷に到着すると、待ちかねていたように夫人が出迎え、わたくしたちはさっそく、奥まった一室に通されました。そして、待つ間もなくその部屋に、あの若い貴公子が入ってこられたのです。わたくしたち三人とも、うやうやしくひざを折り、深く頭を下げました。ところが貴公子は、驚くほどの気さくな態度で、わたくしに椅子《いす》に坐るようにと言われたのです。そしてすぐ、あなた方の不幸な状態については聞いた、大公閣下とも話しあって、危険だけはまぬがれるようにはかるつもりだから安心するように、と申されたのです。わたくしは、このやさしい御言葉に涙があふれ、椅子から立ち上がってフランチェスコ様の前にひざまずき、お礼を申しあげようとしたところ、フランチェスコ様は、憂愁に満ちたそのまなざしに、恥ずかしそうな微笑をたたえられ、無言のまま、わたくしの両手を取って立ち上がらせ、何か必要なことがあったら言うように、自分はできるかぎりのことはするつもりだから、と言ってくださいました。そして、夫や舅が恐縮して頭を深く下げる前を通って、去って行かれました。

次の日から、まるで手の平をかえしたように、舅や姑のわたくしへの態度が一変したのです。夫のピエトロも、何か浮き浮きしているようでした。まだ十八歳になったばかりのわたくしには、その理由がわからず、ただ、これまでのように追手を怖れて、家の中に閉じこもってばかりいる生活をもうしないですむのかと思うと、ほんとうに晴れ晴れとした気分になったものでした。

二日置いて、モンドラゴーニ侯爵夫人から、再び招きがありました。今度もまた、夫人差しまわしの馬車がおくられてきましたが、舅は同行せず、夫だけがわたくしに付きそって馬車に乗りこみました。ところが、夫人の屋敷内の一室で待つ間に、夫は急用ができたと言って退席したのです。まもなく到着されたフランチェスコ様と話したのは、わたくしと侯爵夫人の二人だけでした。

その夜の話題は、かつてメディチ家の公子たちも客になったことがあるという、わたくしの生家カペッロ家のことや、三十年前にフィレンツェ駐在のヴェネツィア大使をしていた、わたくしの伯父のことなどのほかに、文学や歴史についても、楽しいおしゃべりがつきませんでした。深夜、わたくしを送ってきた侯爵夫人は、自分は乳母だったからお世継ぎを誰よりもよく知っているが、憂愁の君、と仇名《あだな》されるほどのフランチェスコ様が、今夜のように楽しそうにされていたのははじめて見ました、と言われました。

このようなことが、何度か重なりました。わたくしたちが会うのはいつも夜に入ってからで、場所も、いつも侯爵夫人の屋敷でした。それでも他人の眼はあざむききれなかったとみえ、フランチェスコ様は何も言われませんでしたが、ある時、侯爵夫人のほうがわたくしに、父君の大公が、フランチェスコ様に忠告の手紙をよこされた、ということを知らせてくれました。その手紙には、毎夜の微行は、世継ぎの立場と名誉にふさわしくないばかりか、危険でもあるから注意するように、と書かれてあったとのことです。でも、それを受け取られたフランチェスコ様は、笑いながら、父上は何もご存じないのだ、と言われたそうです。

これ以後も、フランチェスコ様の態度は、少しも変りませんでした。わたくしは、その時以来、自分は愛されているのだ、という思いを強めたのです。こうして、三年余りの歳月が過ぎていきました。

ある夜のことです。いつもの青白い頰を暖炉の火に心もち赤く染めながら、フランチェスコ様は、こんなことを話し出されたのです。

「わたしは結婚しなければならなくなった。だが、これはあくまでも国のためにするのだ。ビアンカ、あなたこそ、わたしの真実の愛を受けつづけるただ一人の人と思っていてほしい」

結婚の相手は、ドイツ皇帝の息女で、スペイン王のいとこにもあたる、わたくしよりは五つ年下のジョヴァンナ姫とのことです。いつかはこうなる運命と予想していたにもかかわらず、わたくしの胸は、鋭く突き刺されでもしたかのように痛みました。しかも姫君は、ヨーロッパでは最高位の皇帝の息女であるうえに、わたくしよりはずっと若い女。でも、千々《ちぢ》に乱れるわたくしの心も、フランチェスコ様の腕の中で、あの方の繊細な指がわたくしの髪の上をやさしくすべり、あの方の淋しそうな声がわたくしの耳元で、許してくれ、とつぶやくのを聞いているうちに、少しずつ静まっていったようです。それに、よく考えてみれば、たとえ名ばかりとはいえわたくしも夫のある身。そのわたくしが、結婚しようとする愛人を何といって非難できましょう。それよりも、わたくしに夫がいることなど一言も口にせず、御自分の責任だけをあげて、許してくれ、と言われたフランチェスコ様のやさしさが、わたくしの心を打ったのです。耐えること、それだけがわたくしにできる、あの方の愛に応《こた》える道でした。

花嫁は、ほぼ一年が過ぎたその年の十二月、フィレンツェに、豪勢な行列を従えて入城されました。国をあげての祝事の数々、連日連夜の宴《うたげ》のはなやかさも、わたくしだけは人伝《ひとづ》てに聞くだけでした。その頃、フィレンツェの郊外の別荘に、モンドラゴーニ侯爵夫人の推《すす》めで滞在していたからです。ほんとうのことを言えば、花嫁の到着に先立って、ただの愛人のわたくしは遠ざけられたのです。

でも、そんな場合であるのにフランチェスコ様は、時間をつくっては、しばしば訪ねてきてくださいました。高貴な花嫁を置き去りにしてまで、宴を抜けては愛人に会うためにいっさんに馬を駆る花婿《はなむこ》の姿は、列席の貴人方の好奇と軽蔑の視線を浴びたにちがいないのです。わたくしにはそれが眼に見えるようであるだけに、わたくしに悲しい思いをさせまいとするフランチェスコ様の御気持が、どれほど嬉《うれ》しく感じられたことでしょう。冬の最中というのに、ひたいに汗をにじませて馬を降りる愛《いと》しい方の腕の中に、涙があふれそうになったまま、わたくしはとびこんでいったものでした。

春になってフィレンツェにもどってから、はじめてドイツの姫君を見ました。わたくしの敵がどんな女かを自分の眼で見たい思いを、おさえることができなかったのです。聖ロレンツォ寺院のミサに、大公一家が列席されると知ったわたくしは、群衆にまぎれ、教会の中に忍びこみました。レースのヴェールで、顔を隠していたのです。それでもフランチェスコ様はわたくしをみとめられ、秘《ひそ》かにあいさつを送られました。それを、すぐ横の席にいたドイツの姫君が気づき、夫君の視線を追って、わたくしのいるのを見つけたのです。

小さな、まるで少女のような女でした。細い病的に青白い顔に、金髪が重そうにかぶさり、小さい青い眼は、いかにも北国の生れを示すように冷たく傲慢《ごうまん》に光っていました。わたくしの、ヴェネツィア金髪と呼ばれる亜麻色のやわらかい髪、下に血の暖かさを感じさせる大理石のような肌、大きな黒い眼、豊かな肉体とは、まるで正反対の感じでした。フランチェスコ様が、宗教心だけは厚いが、冷たくてやさしみのない女だ、と言われたことを思い出したのです。しかし、彼女は正夫人でした。イタリア語を習おうともせず、話していても少しも楽しくない女と夫に言われても、彼女はやはり正夫人でした。

数カ月して、夫のピエトロは、フランチェスコ様の衣装係に任ぜられました。同じ頃、舅も田舎に土地を買いました。そして次の年、夫はわたくしの名で、マッジョ通りの屋敷を買ったのです。門の上には、カペッロ家の紋章が飾られました。この家を選んだのはフランチェスコ様で、その頃は田舎に隠退した大公の代りに、摂政《せっしょう》となられたあの方が住まわれるピッティ宮殿から近いという理由から、ここが選ばれたのです。

このようにフランチェスコ様は、わたくしの存在を、誰にも隠そうとはなされませんでした。訪ねてこられる回数もへらず、教会でわたくしを見つけられたりすると、夫人の眼もかまわずに近づいてこられ、わたくしと話されたりするので、外国の大使方も、驚いて見守るというふうでした。わたくしには、こういうフランチェスコ様のふるまいが、ありがたくも嬉しくも感じられ、この方に自分の運命を預けたのだ、という思いをいっそう深めたのです。こうして、わたくしにとって、少しも卑屈でない五年間が過ぎていきました。

ところが、一五七二年の八月二十六日の夜、怖ろしい事件が起ったのです。それまでは夫のピエトロは、妻を寝取られて幸運をつかんだ男、とかひどい陰口を言われても、気にもしないのか陽気な毎日をおくっていましたが、カッサンドラという未亡人と知り合い、深い仲になっていたようです。悪いことにこの未亡人は、有力なリッチ家の出身で、彼らの間を知ったリッチ家の男たちが、家名の汚れだと怒り、夫を殺そうと狙っていたのです。そんなこととは知らない夫は、いつものように未亡人を訪ねての帰り、サンタ・トリニタの橋を渡ろうとしたところで、リッチ家の男たちに刺されたのです。全身血だらけになって運びこまれた夫の変り果てた姿を見たわたくしは、あまりのことにその場に倒れてしまいました。駆けつけた医者も、手のほどこしようがなく、最初の剣が致命傷だった、と言っただけでした。

わたくしとピエトロの間には、今では愛は去ったとはいえ、お互いを思いやる気持だけは失われていませんでした。後に知ったところでは、リッチ家の男たちは、ピエトロを刺したその足でカッサンドラの家まで行き、恋人を殺されたとも知らない哀れな未亡人まで、殺してしまったのだそうです。わたくしは、二十九歳の若さで、喪服をまとう身となりました。

でも、亡き夫のために祈りを捧《ささ》げたい、と思っているわたくしを、人々は放っておいてくれません。あの事件は、ヴェネツィア女が、リッチ家の男たちをそそのかして、邪魔になった亭主を殺させたのだ、とささやく声が、宮廷中に広まったのです。噂《うわさ》の出所は、正夫人と、フランチェスコ様の弟君で枢機卿《すうきけい》のフェルディナンド殿の二人だとのことでした。枢機卿殿は、これまでにもわたくしを、何かにつけて悪く言う方だったのです。このおぞましい噂は、宮廷内だけでなく、街中の民衆にまで広まり、もし変らぬフランチェスコ様のなぐさめがなかったら、わたくしは街にも出られないような、情けない気持にさせられたことでしょう。

しかし、不幸は続いてやってくるものです。二年後には、わたくしの存在を暗黙のうちにも認めてくださっていた、大公コジモ様が亡くなられたのです。フランチェスコ様は、三十三歳になられたばかりで、イタリア四大強国の一つ、トスカーナ大公国の主《あるじ》になられたのです。でも、若い大公は、静かに父君の死を悲しむこともできませんでした。続いて起ったメディチ家内部の暗い事件が、〝憂愁の君〟フランチェスコ様の心を、ますます悲しく閉じさせたようです。

弟君のピエロ殿が、夫人のエレオノーラ様の首をしめて殺してしまったのです。事件は、メディチ家の別荘で起りました。夫人の姦通《かんつう》を知ったピエロ殿の怒りを、誰一人おさえることができなかったのだそうです。

不幸は、これだけでは終りませんでした。すぐ続いて、今度は妹君のイザベッラ様が、これも夫であるパオロ・オルシーニ殿の手で殺されたのです。この二人の貴婦人の行状は、これまでにも人の噂にのぼるほどはなやかで大胆であったことは知っていましたが、殺されてみると、わたくしには楽しくやさしい友だちであったのにと、暗い気分をぬぐい去ることができませんでした。二人の殿方には、何の罰もくだりませんでした。不実を働いた妻は、夫に殺されてもしかたがなかったからです。義妹と実の妹を失ったフランチェスコ様も、御自分の暗い気持をおさえて、かえってわたくしをなぐさめられたほどです。その頃のわたくしは身重で、心やさしいわたくしの殿は、それを気づかわれたのでしょう。

長い間待ち望んでいた男子誕生は、暑い盛りの八月二十九日でした。名は、アントニオと付けました。大公様は、ほとんど付きっきりでわたくしを力づけ、男子誕生を、わたくし以上に喜んでくださいました。正夫人にはすでに、フィリッポ殿という若君がありましたが、病気がちで、大公様の心配の種だったのです。ほかは、姫君ばかりでした。

病気がちなのは、御子方ばかりではありません。六人の子を与え続けた大公妃もまた、そのたびに痩《や》せて小さくなられるようでした。そして、七人目の御子を身ごもられていた時のことです。ミサを終えて教会を出てこられた夫人は、石段からころげ落ち、そのまま気を失ってしまわれたのです。急いでピッティ宮へ運ばれたのですが、出血がひどく、その夜のうちに亡くなられました。わたくしより五歳年下でしたから、三十歳になられたばかりです。

葬儀は、トスカーナ大公妃にふさわしく、厳粛に豪華に行われ、国中が、一年間の喪に服したのです。

しかし、わたくしにとっては、心静かな日々をおくるどころではありませんでした。喪服を着た人々の眼と口は、いっせいにわたくしに向けられたのです。

あの女は、自分の亭主を殺させたほどの女だ！

メディチ家に不幸をもたらす魔女だ！

大公をたぶらかす、美女の仮面をかぶった悪魔だ！

妊娠したといつわって、他の女の産んだ子を買い、自分と大公との間に生れた子だとして認めさせた悪女だ！

大公妃が死んだのも、あのヴェネツィア女が魔法を使ったからにちがいない！

こういうおぞましい陰口は、風のようにわたくしの身辺に吹きこんできました。周囲が敵ばかりのように思え、つらい思いをかみしめるだけのわたくしにとって、ただ一人、いつもと変らぬ思いやりを示し続けたのは、大公様だけでした。わたくしは、いつか、こんなことをお話ししたことがあります。

「わたくしは、あなた様とともに生きてまいりました。これからも、あなた様の愛だけを頼りに生きていくことでしょう。もし、不幸にもあなた様がこの世から去られる時がきたならば、わたくしもまた、一日として遅れずにお伴するつもりでおります」と。……

ここで、ビアンカ・カペッロの回想録は終っている。この後の部分が紛失したのか、それとも彼女が、これ以上書かないで中断してしまったのか、今では知る由《よし》もない。ただ、これからの彼女は勝利者になるのである。人間誰でも得意の時期になると、胸の思いを吐露する欲求も消えるであろうから、回想録など、書き続ける気を失ったということも考えられる。いずれにしても、彼女の死までの九年間を、私自身の筆で書いてみることにした。

大公妃没後、大公フランチェスコは、ビアンカ・カペッロとの再婚を、フィレンツェの大司教に願った。神学上のややこしい問題はここではふれないが、結論としては、宗教界は反対した。一方、大公の弟にあたるフェルディナンド枢機卿も、ヨーロッパの王家から兄の再婚の相手を得ようと奔走していた。しかし大公は、これらのすべてを無視し、大公妃没後二カ月して、ビアンカと秘かに結婚したのである。そして、喪があけるやいなや、結婚は公式に発表された。

とはいえこの段階では、ビアンカは妻ではあっても、大公妃ではなかった。私的な妻でしかなかったのである。だが、大公フランチェスコの愛は、ビアンカに公式な地位を与えないですますには、あまりにも深く誠実だった。周囲の大反対も、彼の決意を変えることができなかった。

それを側面から援助したのが、ビアンカの生国であるヴェネツィア共和国である。現実的な政治の巧みさで知られるヴェネツィアは、トスカーナ大公にここで恩を売る有利さを知り、ビアンカがヴェネツィアから逃げ出した時のすべての裁判記録を破棄処分にしただけでなく、彼女に、ヴェネツィア共和国の息女としての地位を与える、とまで、元老院で決めたのだった。共和国の歴史でも、共和国の息女になったのは、先にハンガリー王と結婚したトマシーナ・モロシーニと、キプロス王妃となったカテリーナ・コルネールの二人だけである。ビアンカにも、王と結婚するにふさわしい地位が与えられたことになる。

大公妃の戴冠式《たいかんしき》は、翌年、ヴェネツィアをはじめとして、ヨーロッパ各国からの特使も列席して、盛大華麗に行われた。カペッロ家からもビアンカの父と弟が、昔のことは何もかも忘れ去ったどころか、誇らし気な態度さえ見せて出席していた。二十年前のカペッロ家の面汚《つらよご》しは、今ではカペッロ家の名誉になったのである。

以後八年間にわたる大公妃としてのビアンカについては、善悪両方の評価が対立している。彼女の死後に決定的になった悪評では、大公をそそのかし、利己的な楽しみばかり追求して、トスカーナ大公国の財政状態を悪くした張本人にされてしまった。しかし、こういう悪評の根拠となっているのは、生前からビアンカを憎み、大公の死後に僧籍を脱して俗界にもどり、大公位を継いだ元枢機卿のフェルディナンドの、巧妙な宣伝工作に踊らされた当時の世評である。一方、後世の歴史家たちの評価は、ほぼ一致して良い。大公妃時代のビアンカは、あまり政治が好きでない夫を助けて、良い忠告者となりながらも出しゃばらず、良き妻として、先公妃の残した子供たちの養育にも熱心であった、とされている。どちらが真実かは知らない。私にはどちらでもよいことだ。私の心に残ったのは、一人の男からこれほどまでに愛された女の、幸福な死に方だった。

一五八七年十月、大公夫妻は、フィレンツェ郊外のボッジョ・ア・カイアーノの別邸で狩を楽しんでいた。ところが大公が、今から思えばマラリアにかかったらしい。ひどい熱で寝込んでしまったのだった。ビアンカは、はじめのうち、病む夫のそばに付きっきりで、献身的に看病した。だが彼女も、数日後に同じ病状で倒れる。別邸には、フィレンツェだけでなくイタリア中から、急ぎ有名な医者が招《よ》ばれた。それでも大公の病勢はつのるばかり。ついに大公は、自らの最後を悟ったらしい。病室に控える弟のフェルディナンド枢機卿に向って、遺言を告げはじめた。

すべての権利は、先公妃に生れたフィリッポの亡い今、現公妃ビアンカに生れたアントニオに遺すこと。ビアンカには、再婚しないかぎり、現在享受《きょうじゅ》している権利を受け続けることができること。

ここでフランチェスコは、苦しい息の下から、妃は再婚などしないとは思うが、とつぶやき、わずかな微笑さえ浮べた。遺言の執行者には、枢機卿が当ることも決った。そして最後まで、ビアンカを頼む、と何度もくり返す大公の顔色は、もはや死人のようだった。

大公の死は、近くの部屋で病と戦う大公妃に、すぐには知らされなかった。しかし、大公妃の病も、勢いを増すばかりだった。知らせたほうがよい、と枢機卿が言った。フランチェスコの死を知ったビアンカは、それまで開いていた両眼をそっと閉じただけで、何も言わなかった。愛する人の死から十一時間後に、彼女も死んだ。

黒いビロードにおおわれた二つの棺《ひつぎ》が、フィレンツェの街を横ぎって行った。大公の棺はメディチ家の墓所に葬《ほうむ》られたが、大公妃の遺体は、枢機卿の指示で引き離され、今ではどこに葬られたのかも知られていない。大公の遺言も、新大公となった弟の元枢機卿によって、完全に無視された。ビアンカの息子は、メディチ家の一員としての待遇を受けはしたが、部屋住みの身で一生を終える。

歴代の大公妃の中でただ一人、大公妃の冠を頭上にした肖像画を残さなかった、一人の女の物語である。

ジュリア・デリ・アルビツィの話

ジュリアは、それまでにただの一度も、アルビツィ家の門をくぐったことはなかった。

フィレンツェでも有数の旧家アルビツィを姓に持っていても、彼女は、その家の三男と召使との間に生れた私生児だったのである。母親は、妊娠が知れるやサント・スピリト区にある実家に帰され、そこでジュリアを生んだ。ジュリアは、それ以来二十一年間、フィレンツェでも庶民の住む区域とされている騒々しいサント・スピリト区で、それでものびのびと育ったのだった。

母親の顔を、彼女は知らない。ジュリアを生み落して後の経過が悪く、彼女が一歳の誕生日を迎えない前に死んだからである。ジュリアは、父親の顔も知らない。認知だけはしてくれた父親だが、認知しなければならない私生児は、ジュリアのほかにも何人かいたらしく、ジュリア・デリ・アルビツィと名のる彼女とアルビツィ家を結ぶ綱はただひとつ、毎月の月初めに養育費を持ってくる、アルビツィ家の家令だけだった。その父親も、ジュリアが十一歳の時に、騎馬競技会で落馬したのがもとで死んでいる。そんな彼女を育てたのは、老いた祖父母だった。

それが昨夜、養育費を持ってくる頃でもないのに訪ねてきた家令が、いつものいかめしい顔つきもくずさずに、明朝、本家にきていただきたい、と伝えたのである。そして今朝祖父母に付きそわれたジュリアは、アルノ河にかかるポンテ・ヴェッキオを渡って、シニョリーア広場を横切り、フィレンツェの中心街にある、豪勢な造りのアルビッツィの屋敷に向ったのだった。

鉄の鋲《びょう》を一面に打った頑丈な大扉が、ジュリアの前で重々しく開かれた。家令がそこにいた。ジュリアは、今日は一段といかめしい顔つきの家令に導かれて中庭を横切ろうとした時、祖父母がいなくなっているのに気づいた。彼女は、お祖母《ばあ》さんたちはどこか別の部屋で、私の用事の済むのを待っていてくれるのだろう、と思った。石造りの階段を二回登り、中庭に面した回廊をしばらく歩いてから家令は、ひとつの扉の前で彼女をとどめ、扉を開けて、部屋の中へ向って丁重に何かを告げた。

その部屋は、小さな部屋しか知らないジュリアには、ひどく大きく思えた。部屋の中に誰がいるのかも、はじめはわからないほどだった。だが、彼女はおちついていた。部屋の向う側には、数人の男たちが思い思いに立ったり坐ったりしていたが、彼らが、サンタ・マリア・デル・フィオーレ大寺院の日曜ミサの時、はるか彼方《かなた》の貴族席にいるのを見たことのあるアルビッツィ家の男たちであるのも、すぐにわかった。ジュリアは、静かな足どりで部屋の中央まで進み、そこで無言のまま、ほんの少しひざを折って頭を下げるあいさつをした。それは、女が男に対してするあいさつで、庶民が貴族に対してするものではなかった。

頭を上げた時ジュリアは、男たちが、まるで馬でも試すように自分を見ているのに気づいた。

椅子《いす》が与えられた。その時、男たちの中央に坐っていた一人が、良い娘御だ、と言うのが聴えた。周りにいるアルビッツィ家の男たちは、それにいちようにうなずいた。ジュリアは、今立ち上がったその中年の男が、トスカーナ大公の側近ヴィンタ大臣であることを知っていた。フィレンツェで公式行事がある時、大公や大公妃のすぐ後ろに、いつもこの男の顔が見えていたからである。大臣は、頭を下げるアルビッツィ家の男たちに軽くあいさつを返しながら戸口へ向った。そして、これも立って見送るジュリアを、扉を出る前にもう一度ふり返ってじっと見つめた。

大臣が去った後、ジュリアは再び家令に導かれ、別の部屋に通された。そこは、ずっと小さな部屋だった。彼女を出迎えたのは、今度は女ばかりだった。アルビッツィ家の奥方と数人の召使が、眼もまどわせるばかりに部屋中に広げられた花やかな衣装の中に、ジュリアを迎え入れた。奥方は、にこやかなうちにも気品をたたえた表情でジュリアを見つめ、召使たちに次々と指示を与えはじめた。

ジュリアの着ていた服は脱がされ、髪がほどかれる。美しい金髪だから緑色の衣装がよい、との奥方の声に、ジュリアの前にはあざやかな緑の服が持ってこられた。袖《そで》とえりに金糸の刺しゅうのあるその衣装は、今までジュリアが、ほかの女たちが着ているのを遠くから眺め、あれは自分のような女ではなくて、もっと高貴で幸せな女の着るもの、と思っていたものよりも、ずっと美しく豪華なものだった。ほどかれた髪も、二人の召使の手で、流行の髪型に結い上げられた。真珠の髪飾りが、金髪のうねの間に、にぶいピンク色の光を放つ。衣装を着けて鏡の前に立たされたジュリアは、わが眼を疑うほど、自分が美しく変っているのに驚いた。奥方も、満足そうにそんな彼女を眺め、背丈があるから衣装しだいで見違えるばかりに美しく花やかになる、と言った。

盛装したジュリアは、奥方の手から家令に引き渡され、再び前の広間に連れてこられた。その部屋には、当主のほかはアルビツィ家の男たちの姿はなかった。その代りに、一人の三十歳ぐらいの男が、窓辺で当主と話していた。アルビツィ家の当主は、ジュリアに向い、この方はマントヴァ公国の若君ヴィンチェンツォ様の秘書官をしておられるドナーティ殿だ、医者としても優れた方だ、と言った。ジュリアは優雅なしぐさであいさつをした。ドナーティは、まず医者が患者を見るように冷たくジュリアを眺めた後、すぐに男が女を見る眼に変り、満足気な微笑をたたえながらアルビツィ家の当主のほうを向いて言った。

「美しい娘御です。それにさすがに血は争えぬ。アルビツィの血をひくだけに気品もあり、また、なかなかに利発な方らしい。ヴィンチェンツォ様もきっと、気にいられるでしょう」

その夜、ジュリアは、サント・スピリト区の家に帰らなかった。だが、悲しくも淋しくもなかった。彼女の部屋として与えられたアルビツィの屋敷の最上階の部屋の窓からは、紺青色《こんじょういろ》の夜空にサンタ・マリア・デル・フィオーレ大寺院の赤茶色の円屋根が、早春の白い月に照らされてくっきりと浮んでいるのがよく見えた。ジュリアは、それを眺めながら、まんじりともしない夜を明かした。今まで想像したこともない素晴らしい運命が待っているのかもしれない。そう思いはじめると眠るどころではなかったのである。

私生児として生れたジュリアは、旧家の血をひいているだけに、かえってめんどうな立場にあった。庶民の娘ならば、持参金なしでも結婚できた。しかし、アルビツィの姓を持つジュリアは、誰とでも結婚するわけにはいかない。だが、結婚できる階級の男たちは持参金もない娘を嫁にする時代ではなかった。ジュリアの運命は、こういう状況では決っていた。尼僧院《にそういん》に入るしかなかった。それも、神につかえるだけが仕事の尼ではない。高額の寄付をして尼僧院へ入ってくる君侯の息女たちの身のまわりの世話をする役で、尼僧衣は身につけていても、実質は召使と同じだった。ジュリアは、そういう自らの運命を知って育った。

それが、今日の出来事である。静かなあきらめの中にいたジュリアの心が、千々《ちぢ》に乱れはじめたのも無理はなかった。トスカーナ大公国の大臣が、マントヴァ公国の秘書官が、彼女を見にきたのだ。そして、美しい、とさえ言ってくれた。

ジュリアも、トスカーナ大公フランチェスコと先公妃との間に生れたレオノーラと、マントヴァ公国の世継ぎのヴィンチェンツォとの間に婚約の話が起きていることは、人々の噂話《うわさばなし》ですでに知っていた。これとつながりのあることにちがいない、と彼女は思った。もしかしたら、マントヴァに嫁入るレオノーラ・デ・メディチ付きの女官として、マントヴァへ行けということかもしれない。それとも、いずれは縁つづきになるフィレンツェとマントヴァの間を結ぶきずなのひとつとして、マントヴァ公国の貴族の誰かと、私を結婚させるのだろうか。どちらにしても、私はもう尼にならないですむ。尼僧衣を着て、気むずかしい娘たちの世話をしないでもすむ。ジュリアの楽しい空想は、いつまでも果てることがなかった。

翌日、ジュリアは、アルビツィ家の当主から招《よ》ばれた。書斎へ行くと、彼一人が待っていた。期待ではちきれそうな胸をおさえて、与えられた椅子に、ジュリアはそっと坐った。しかし、白いあごひげにうまった老アルビツィの厳しい声を聴いているうちに、ジュリアの顔色が変った。緑色の絹服の上にきちんとそろえられてあった繊細な両手も、悲しみと屈辱のために、いつのまにかきつくにぎられていた。祖父は、庶出とはいえ孫のジュリアに、次のような話をはじめたのである。

今年、ジュリアと同年の二十一歳になったマントヴァ公国の世継ぎヴィンチェンツォは公《こう》爵《しゃく》グリエルモとドイツ神聖ローマ帝国皇帝の息女との間に生れた三人の子の中の、たった一人の男子だった。当然、将来のマントヴァ公爵と決っているヴィンチェンツォに誰を妻として迎えるかは、彼個人の問題以上に、一国の政治にとって重要な課題となる。政略結婚以外には考えられなかった。

ヴィンチェンツォ・ゴンザーガが十八歳になった一五八一年、ようやく、マントヴァ公国の世継ぎにふさわしい花嫁が決る。老パルマ公爵の孫で、スペイン王臣下で高名な武将アレッサンドロ・ファルネーゼの娘のマルゲリータだった。婚約は、何の支障もなく無事に成立する。マントヴァ公国とパルマ公国が、当時小国分立の状態にあったイタリアの中で、互いに似たような勢力と規模を持つ中小国同士だったからである。それまではとかく艶聞《えんぶん》の絶えなかったヴィンチェンツォも、つぼみの美しさをただよわせる十四歳のマルゲリータ姫には、心を動かされたようだった。

　パルマで行われた結婚式後の宴《うたげ》で、仲むつまじく寄りそって離れない、十八歳と十四歳の若々しい花婿《はなむこ》と花嫁を見た列席の人々は、誰一人として、彼ら二人の幸福を疑う者はいなかった。すべてがうまく行きそうだった。

　ところがその夜、想像だもしなかった出来事が起ったのである。

　深夜近く、新夫妻の寝室から、闇《やみ》を引き裂く悲鳴が聴え、近くの部屋で控えていた人々を驚かせた。寝室の扉が開かれ、困ったような顔をしたヴィンチェンツォが出てきて、花嫁付きの女官を部屋に入れた。花嫁は、新床の上にぐったりと横たわり、恐怖におびえた表情で、入ってきた顔見知りの女官の顔さえしばらくは見分けがつかないほどだった。赤ん坊をあやすように主人を世話する女官の顔色が、突然変った。新婦が、まだ夫を迎え入れていないことがわかったからである。いかに好意を持ちあったとて、政略結婚なのだ。これは一大事だった。しかし、花婿はやさしかった。その夜中ヴィンチェンツォは、何もしないで、新妻のそばで、ただ彼女をやさしく愛撫《あいぶ》しながら寝てやった。

　翌朝、誰言うともなく、昨夜の出来事は、パルマ中に知れてしまった。花嫁が十四歳であることは、当時としては決して若すぎるわけではない。好奇に満ちた噂が、宮廷の中でも街の広場でも、ひそひそささやかれた。それを知った花婿は、二夜、花嫁にふれぬ夜を過した後、結婚式やその後に続いた宴のために若い妻は疲れているから休養させたい、と言って、パルマの街の郊外にある小さな城へ移った。新妻を好奇の眼からのがれさせてやりたい、と思ったことと、夫婦二人のほかには数人の召使だけの環境ならば、おびえきったマルゲリータの心を安らかにしてくれるかもしれない、と考えたためである。しかし、結果は変らなかった。毎夜、新妻は、殉教者のような悲愴《ひそう》な覚悟で夫を待つのだが、あまりの痛さに、思わず夫を突き離してしまうのだった。ヴィンチェンツォは、泣き伏す妻を、ただただ困り果てて眺めるしかなかった。一カ月が過ぎても、マルゲリータ・ファルネーゼは、まだ処女のままでいた。

　それでもヴィンチェンツォは、マントヴァへ新妻を連れて帰った。国中が将来の公爵夫人を迎えて歓迎行事にわく中に到着したマルゲリータには、しかし、屈辱にふるえる日々が待ちうけていた。まずヴィンチェンツォの秘書官で医者でもあるドナーティの診察を受けさせられた。ドナーティは、手術をしないかぎり結婚生活には不適当な身体、と診断した。だが、ドナーティは、医者ではあってもマントヴァ公の臣下である。中立の立場にある医者の診察も受ける必要があった。さらに、ファルネーゼ家に近い医者も、当然、診察を要求してくる。こういう具合で、十四歳のマルゲリータには、恥ずかしさで死にそうな日々が続いた。医師たちの診断は、すべてが同じだった。しかも、三人が三人とも、現在の外科の技術では、手術しても生命の保証はできない、と言った。三人のうち二人は、外科医としても有名で、彼らの意見にまず動かされたのが、孫娘の身を案じたパルマ公だった。だが、当のマルゲリータだけは、危険であっても手術を受けたい、と言い張ってきかなかった。

　そうこうするうち、状況はマルゲリータの意志とは関係なしに変りつつあった。舅《しゅうと》のマントヴァ公があせりはじめたのである。一人息子のヴィンチェンツォに子が恵まれない場合、フランスへ行っている自分とは仲の悪い弟かその子孫が、マントヴァの公位を継ぐことになる。また、息子が愛人を作って子を生ませたとしても、あくまでも庶出であって、公位を継ぐ時になって御家騒動でも起ったりしては、他国の干渉を招く危険がある、と考えたのだった。一国の主《あるじ》としては、当然の心配だった。

一方、国外からも圧力がかかってきた。ヴィンチェンツォがマルゲリータと結婚した翌年、彼の姉のアンナが、ドイツ皇帝の弟と結婚したのである。ドイツ皇帝とフランス王は、伝統的にライバル関係にある。ドイツの皇帝から見れば、もしヴィンチェンツォに子が出来ない場合、マントヴァの公位を継ぐ権利を第一に主張できるのは、憎いフランス王に一辺倒な、現マントヴァ公の弟なのだった。これではせっかく結婚によって縁続きになったマントヴァを、みすみすフランスに渡してしまうも同じことだ。こう考えた皇帝は、結婚生活も出来ないマルゲリータをどうにかしろ、としつこくマントヴァ公に迫った。こうして、夫と妻の間の問題は、ヨーロッパの政治上の問題になってしまったのである。

まず、可愛《かわい》いマルゲリータに、死ぬかもしれない手術などは受けさせられないと、祖父の老パルマ公と父のアレッサンドロ・ファルネーゼが折れた。実家に引き取る、との申し出である。しかし、当時の離婚は、どちらか一方が僧院にでも入らないかぎり成立しなかった。マルゲリータが、尼にならねばならない。だが、彼女は、必死に拒絶し続けた。祖父の、そして父の説得も効果はなかった。では手術を受けさせよう、ということで、マルゲリータはパルマへ帰ることになった。彼女は、再びマントヴァへ、夫の許《もと》へ戻ることを疑いもせずに、パルマへ発《た》った。

だが、この時からローマ法王庁が動きだしたのである。ドイツ皇帝とマントヴァ公の要請を受けたローマ法王は、マルゲリータの説得役に、当時聖者として人々から尊敬を受けていた、ミラノの枢機卿《すうきけい》ボロメオを任命したのだった。ボロメオ枢機卿は、早速パルマへ向う。厳格なこの聖職者が、若いマルゲリータをどのようにして説得したかについては、くわしいことは知られていない。忍耐強く、神に生涯を捧《ささ》げて得られる平安を説いたのかもしれない。われわれは、二年間の〝白い結婚〟の後、一五八三年十月三十日、マルゲリータ・ファルネーゼ・ゴンザーガが、マウラ・ルチェニア尼として、パルマの尼僧院に入り、永久に俗界を離れた事実を知るだけである。

独身に戻ったヴィンチェンツォをめぐって、早速、次の嫁探しがはじまった。最適だと思われたのは、トスカーナ大公の息女レオノーラ・デ・メディチである。ヴィンチェンツォの母も今は亡《な》いレオノーラの母も、ドイツ皇帝の息女で姉妹の間柄なので、彼ら二人はいとこ同士でもあり、この結婚話は支障なく成立しそうだった。

ところがこれに難色を示したのが、レオノーラの継母で現トスカーナ大公妃のビアンカ・カペッロである。以前に、マルゲリータ・ファルネーゼとの結婚の前にヴィンチェンツォの花嫁候補としてレオノーラの名もあがった時、マントヴァ公が、情人あがりの女に養育された娘など困る、と言ったことを忘れなかったのである。ビアンカが今は大公妃でも、長い間大公の愛人であったことは周知の事実だった。彼女は、その時に受けた侮辱を、今になって復讐《ふくしゅう》する気になったらしい。といって、納得できる理由もないのに反対することは、いかに大公妃であろうとできない。それで、婚約の条項の中に、実に意地悪な一項を付け加えさせたのである。

ヴィンチェンツォとマルゲリータの結婚が破れた原因は、マルゲリータの肉体的欠陥にあったばかりでなく、もしかしたら、ヴィンチェンツォのほうにも欠陥があったのではないか、という噂も広まっていた。それは、やむをえず引き取ったとはいえ、あまり良い気分でもなかった、パルマのファルネーゼ家あたりから流れた噂らしかったが、大公妃ビアンカは、それに目をつけたのである。

マントヴァ公国の世継ぎヴィンチェンツォ・ゴンザーガ殿と、トスカーナ大公の第一女レオノーラ・デ・メディチ姫との婚約は、ヴィンチェンツォ殿がしかるべき女との試みに成功し、結婚生活をするに不適当でないと証明された後に、はじめて成立する。

これが、トスカーナ大公側の出した条件だった。マントヴァ公側にしてみれば屈辱である。だが、公爵家《デューカ》に大公爵家《グラン・デューカ》からの嫁を迎える名誉や、ドイツの皇帝からの強い推《すす》めに反対した時の不利益、花嫁が持ってくるであろう莫大《ばくだい》な持参金などを考えれば、マントヴァ側にとっては、ここで多少の屈辱を我慢しても、受けるほうが有利である。それに、当の本人のヴィンチェンツォが、若いだけに少しも侮辱と思っていなかった。笑いながら、大丈夫、大公がねたましく思うほどやってみせる、と言っただけだった。

試験台にされる処女は、トスカーナ大公側が選ぶことになった。場所も、フィレンツェでもマントヴァでもなく、中立の立場にあるヴェネツィアと決った。試験の結果を見きわめる立会人には、トスカーナ大公側からは大臣のヴィンタ、マントヴァ側からはヴィンチェンツォの秘書官のドナーティの二人が任ぜられた。

試験台として選ばれた娘、それが、ジュリアだったのである。いかに試験台だけの役目とはいえ将来のマントヴァ公が相手では、平民の娘では礼を失する。だからといってあまりにも高貴の出では、試験台にするわけにはいかないし、承知もしないであろうというわけで、貴族アルビッツィの血は受けていても私生児の生れのジュリアに、白羽の矢が立ったのだった。試験台にされる代価は、三千スクード金貨の持参金をもらえたうえ、夫を見つけてくれることだった。

ジュリアには、自分に課せられたこの役目に対して怒りと屈辱にふるえることはできても、拒絶はできなかった。もし承知しなければ、老アルビッツィの怒りを買い、これまで支給されていた毎月の養育費も絶たれるだろう。そうなれば路頭に迷うしかなく、尼僧院に入れてもらっても、無一文の娘ならば、高貴の出の尼僧の召使どころではなく、下女としてこき使われるのが運命だった。ジュリアは、試験台になることを承知した。

その夜もまた、彼女は、サント・スピリト区の祖父母の家に帰らなかった。五日後に迫ったヴェネツィアへの出発を前にして、衣装や寝衣の仮ぬいやら宝石の見立てなどで忙しく、それまでに一度だって味わったことのない大家の娘らしい花やかな日常が、二十一歳のジュリアの心をいつになくときめかせた。ヴェネツィアで待っている残酷な役目さえ、思い出そうとしなければつい忘れてしまうほどだった。

ジュリアは、二十一歳のこの年になるまで、フィレンツェの外にさえ出たことがなかった。郊外には行ったことがある。オリーブの実やブドウの収穫期に、少しばかり農園を持っている祖父母に連れられて行った覚えはあった。だがそれも、トスカーナ大公国の首都フィレンツェから三十キロほど外に出たにすぎない。それでも、ひどく遠出をしたようで、いつも浮き浮きした気分になったものだった。

それが今、他国であるヴェネツィアへ向けて旅立つのである。水の上の都として名高いヴェネツィアの名は、ジュリアでさえも知っていた。

出発の日、目立たないように中庭まで入って待つ馬車に、ジュリアは乗り込んだ。馬車の窓は、高貴な人の微行の時のように、深く窓かけがおりている。馬車のかたわらには、トスカーナ大公国の大臣ヴィンタが、騎馬姿で待っていた。彼の背後には、武装した一隊の騎士たちの姿も見える。表門の大扉が開かれ、馬車とそれを護衛する騎馬隊の一行は出発した。

アペニン山脈を越えてボローニャへ着くまでの旅は、馬車にゆられて行くジュリアにとっては、少々つらかった。

だが、そこからフェラーラまでは平野で、旅は快適だった。しかしそれ以上に、フェラーラからヴェネツィアまでの旅が、ジュリアを夢中にさせた。ポー河を船で海まで出、そこから海上を北へ向ってヴェネツィアへ入るのである。ジュリアにとっては、船旅もはじめて、海を見るのもはじめてだったのだ。

海から見るヴェネツィアは、文字どおり水の上に浮ぶ都だった。船が近づくにつれ、まず塔が見えてくる。鐘の音が、波間をぬって聴えてくる。次いで、バラ色に輝く元首公邸が姿をあらわすと、もうそこはヴェネツィアだ。フィレンツェのアルビツィの屋敷にいた頃、奥方が、ほんとうに美しい都、世界の宝石箱のように美しい都、と言ったのが思い出された。ジュリアの乗った船は、元首公邸を右に見ながら大運河へ入った。リアルト橋の近くに、フィレンツェ大使の公邸があり、彼女たちは、そこをヴェネツィア滞在中の宿所としていたからである。大運河を行く間にも、左右に並ぶ、それぞれに特色を競う邸宅の列が、その異教的な美しさでジュリアを魅了した。オリエントとヨーロッパを結ぶ都。イタリアで最も豊かといわれるヴェネツィア共和国の首都。女の衣装の流行はここから起るといわれ、ヨーロッパ中の女が、一度はここで買物をしたいと願うヴェネツィア。眼を見張ったまま、あまりの花やかさに心を奪われてしまったジュリアに、大臣のヴィンタは、こんなことを話してきかせた。一行を乗せた船は、行き交う船やゴンドラの間をぬいながら進み、やがて、フィレンツェ大使公邸の玄関に横づけされた。船からそのまま屋敷の中に入るのが、またもジュリアを驚かせた。

ジュリアには、外出は許されなかった。それでも大使公邸の窓からは、眼下にあるリアルト橋を渡るにぎやかな人の群れを眺めることもできたし、運河を上下する、花やかな船やゴンドラを見ることもできた。ヴェネツィアは、恋の都でもあった。優雅な衣装の若者が、恋人を訪ねでもするのか、ゴンドラを漕《こ》ぐ黒人の従者を、早く行け、とせかせる声が聴える。かと思えば、黒いゴンドラのおおいの下に、身分高い女であろう、長マントで身を包み、頭巾《ずきん》で顔を深く隠して過ぎるのも見えた。
ジュリアは、こんな日々をおくりながら、マントヴァの若君ヴィンチェンツォを思っていた。試験台になるのだと言われて、ここまで来たのだった。しかし、若いジュリアにはまだ夢が残っていた。もしかしたら、若君は、一回だけでなく、私を愛しはじめるかもしれない。私を忘れることができなくなって、愛人にしてくださり、このヴェネツィアに住まわせ、時々通ってくるというようになったら、どんなにうれしいことだろう。マントヴァからヴェネツィアまでは、ポー河を船でフェラーラへ、それからヴェネツィアまでの船旅で、わずか一日の行程だという、通ってくるには遠すぎはしないのだ。ジュリアの空想は、無限にふくらんでいった。ヴィンチェンツォが、トスカーナ大公の息女レオノーラ姫との結婚の前に、男として立派な能力があるということを示す試験台に自分がされるのだと知った時に感じた、あの屈辱と怒りを、ヴェネツィアに来たジュリアは忘れてしまったようだった。ジュリアは、今では、自分から進んでヴィンチェンツォと会う日を待ちわびるようになっていた。

三月四日、ヴィンチェンツォは、美々《びび》しい供ぞろいを従えてマントヴァを発った。翌朝、ヴェネツィアに到着する。公式訪問ではないので、ヴェネツィア共和国政府は出迎えを控えた。その代りに、ヴェネツィア貴族であり、現トスカーナ大公妃ビアンカの実家のカペッロ家から、大公妃の実弟ヴィットリオが出迎える。ヴィンチェンツォのヴェネツィアでの宿所も、カペッロ家と決められていた。カペッロの邸宅も、大運河沿いにある。ジュリアは、自分のいる場所から五十メートルもへだたらないところに、ヴィンチェンツォ・ゴンザーガが泊っていると知らされた。その晩から、ジュリアの食は進まなくなり、眠りも浅くなった。

ところが、ヴィンチェンツォのほうは、平常の彼と少しも変らなかった。ヴェネツィア中が、男の能力を試されるために、彼がわざわざここまで来たことを知っている。〝一五〇〇年代最大のスキャンダル〟と、皮肉な好奇心で彼に注目していたのだ。だがヴィンチェンツォはそんなことはいっこうに気にかけていなかった。従者を引き連れて、連日のように町中に出かけ、カペッロ家の息子と、明るい笑いをふりまきながら歩きまわっていた。

三月十日、その夜、ヴィンチェンツォの訪問が告げられた。陽が沈む前に、ジュリアは入浴をすませ、召使たちの助けで、純白の寝衣に着換えさせられた。髪もほどかれ、長く背に流したその姿は、新床に向う花嫁そのものだった。彼女は、それらのことをすべて召使のするがままにまかせ、自分からはなにひとつ手を出さなかった。手を出さなかったのではなく、出せなかったのである。ジュリアは、緊張のあまり、仕度が終ってもぼんやりと立ちつくしていた。

その頃、ヴィンチェンツォは、日中の空腹を満たすのに忙しかった。ヴェネツィア名物のかきとうなぎに、冷たい白ブドウ酒の夕食を、彼は盛んな食欲を発揮して平《たい》げていた。

夜半近く、秘書官のドナーティだけを連れて、ジュリアのいる屋敷に着いた。出迎えたヴィンタ大臣としばらく談笑してから、ヴィンタとドナーティの見送る中を、寝室へ向った。

ジュリアは、扉を開けて入ってきた若者が、ヴィンチェンツォだとすぐにわかった。びっこだと聞いていたマントヴァ公爵に、これほど美男の若君がいたとは想像もしていなかった。すらりとのびた若々しい身体、ふさふさと肩までとどく金髪の巻毛、流行の細い口ひげの下のくったくのない微笑。ジュリアは坐っていた椅子から思わず立ち上がっていた。ヴィンチェンツォは、そんな彼女の肩にそっと手をおいて、静かにもとの椅子に坐らせた。そして自分は、坐ったジュリアを包むように、かたわらに立った。二人の眼の下には、窓越しに、燈火のきらめくヴェネツィアの街並が広がっていた。ヴィンチェンツォは、閉めてあった窓を開けた。大運河を行き来する船からの人声が、にぎやかに入ってくる。ジュリアは、夜風が冷たいと思った。だが、ヴィンチェンツォが、酔いを醒《さ》ますつもりで開けたのだろうと、なにも言わなかった。

マントヴァの若者には、少しも高慢なところがなかった。ジュリアに、ヴェネツィアの街を見物したか、とたずね、していないという彼女の答えに、それは残念だ、明日にでも見物できるようにヴィンタに頼んでおこう、と言いながら、向うに見えるのが聖《サン》マルコ寺院の円屋根、その右側は元首公邸、対岸にある建物はこの街で最も美しいと評判だ、などと、やさしく説明してくれるのだった。ジュリアは、夢のような気持で、それを聴いていた。耳元でささやく男らしい低い声も、時折ふれるやわらかい巻毛も、高価な香料の気品ある匂《にお》いも、そして、話の合間に、まるで高貴な姫君にでもするように、ヴィンチェンツォはジュリアの手を取り、その甲にそっと接吻《せっぷん》するのだった。

別室では、ヴィンタとドナーティの二人がいらいらしながら待っていた。時間がかかりすぎるのだ。廊下に出れば、だいぶ前にヴィンチェンツォの消えた扉が見える。二人とも、いつもの宮廷人のたしなみも忘れて、廊下に立ったまま、扉から眼を離さなかった。

突然、扉が内に開かれ、ヴィンチェンツォが飛び出してきた。胃の部分に手をあて、身体をえびのように折り曲げながらドナーティを呼んだ。走り寄ったドナーティに、腹が痛い、と一言叫んだまま、彼はドナーティの腕の中に崩れこんでしまった。ドナーティは医者でもある。召使たちの手で一室に運びこまれた主人を、すばやく診察した。急激な腹痛と診断するまでに、時間はかからなかった。ドナーティは、かたわらに心配そうな面持ちで立ったままのヴィンタに向い、夕食に出たかきとうなぎを食べすぎたうえに、冷たいブドウ酒まで飲みすぎた結果でしょう、ここはひとまず宿所に連れ帰り、静かに寝かせるしかない、と言った。ヴィンタは、何かほっとした顔つきでうなずいた。

ドナーティは、寝室に入ってジュリアの様子を調べるまでもなく、今夜の試験が失敗に終ったことを悟った。主君ヴィンチェンツォの身仕度に、少しの乱れも見られなかったからである。あの長時間を優雅なおしゃべりだけに費やしていたのか、と思うと、若い主君の紳士ぶりに苦笑がわいた。ヴィンチェンツォは、二人の従者に左右からかかえられるようにして、ドナーティに付きそわれて帰って行った。

それを見送ったヴィンタは、急ぎ、寝室に入った。部屋の中は、彼がヴィンチェンツォの到着前に最後の点検をした時と、まったく変ったところはなかった。寝床のおおいもそのままで、ひとすじの乱れもなかった。暖炉の火も消えていない。ただ、運河に面した窓が開かれていて、そこから、春の夜の冷たい風が吹きこんでいた。そのそばに、白い寝衣のままのジュリアが、まだ何が起ったのかもわかりかねた様子で、一見茫然《ぼうぜん》と立ちつくしていた。大臣ヴィンタも、一見しただけで、今夜の試験の失敗を知った。だが、念のためと思ったのであろう、問いつめるような眼差《まなざ》しをジュリアに向けた。ジュリアも、この無言の問の意味がわかった。彼女は、かすかに首を横にふった。

その夜、ヴィンタは、一部始終を主君のトスカーナ大公へ書き送った。そしてその手紙の最後に、こうつけ加えた。

「当初の予定では、夕食はこちらで供することになっておりました。それがあちらでされた後に来られると変り、まったく幸いなことであったと思います。もしこちらで供していたならば、毒薬でも混ぜたのかと思われて、めんどうなことになったでありましょう」

翌朝、ヴェネツィアの街で昨夜の出来事を知らない者は、一人もいなかった。誰もかれもが腹をかかえ、いざという時に腹痛《はらいた》を起したとは、と、大笑いするのだった。

これには、さすがのヴィンチェンツォもこたえた。マントヴァの父公爵に、もうメディチの娘と結婚しなくともよいから、こんなことはやりたくない、と泣き言を書き送った。激怒した父公爵は、その手紙を突き返してくる。ドナーティも、もう後戻りはできないのだから、と主君を説得した。ヴィンタのほうも、失敗は失敗でも不慮の事故のためなのはわかっているので、ヴィンチェンツォ側の出方待ちである。ドナーティとヴィンタの話し合いの結果、四日目の夜に再び試みる、と決った。

三月十四日の夜、ヴィンチェンツォはジュリアを訪れた。三十分後、彼は寝室から出てきてヴィンタを呼んだ。入れ代りに寝室へ入ったヴィンタは、事が成ったのを知った。ドナーティも呼ばれた。寝乱れた寝床の上に、ジュリアがぐったりと横たわっていた。その顔には苦痛の色もなく、おだやかな幸せに満ちているかにさえ見えた。だが、二人の冷徹な審判人がシーツをはねのけた時、閉じていた彼女の両眼から、ひとすじの涙が流れ落ちた。真紅《しんく》の処女のしるしが、純白のシーツの上に散っていた。

次の夜もヴィンチェンツォは、ジュリアを訪ねてきた。一回だけの試験台が自分に課せられた役目とあきらめていたジュリアは、思いもかけない訪問に、嬉《うれ》しさのあまり気を失いそうになったほどだった。その夜のヴィンチェンツォは、いつまでも彼女を離さなかった。第一夜とちがって、窓は閉められ、厚いカーテンもかかっていて、街の燈火も運河を行くゴンドラも見えなかったが、ジュリアには少しも悲しくはなかった。部屋の中は暖かく、いきおいよく燃えあがる暖炉の火が、燈火代りに明るく照らす。ヴィンチェンツォは、ふざけて、自分のマントで彼女を包んだりした。ジュリアにはこの部屋が、天国のように思えた。夜明け近くなって、ヴィンチェンツォは帰って行った。運河の下流のほうからバラ色に変っていく中を、ゴンドラに乗って去って行くヴィンチェンツォの姿を、ジュリアは、細目に開けた窓から見送った。

だが、ジュリアは知らなかったのである。ヴィンチェンツォの訪問が、これが最後であることを知らなかった。マントヴァの父公爵が、試験の成功後に、あと一回だけの訪問を息子に許していたのである。翌日、ジュリアは、フィレンツェへ向けて帰途についた。

マントヴァでは、帰って来たヴィンチェンツォも列席して、聖アンドレア寺院で、婚約成立を神に謝すミサが行われた。

フィレンツェでは、レオノーラ・デ・メディチの嫁入り仕度がはじまった。ジュリアも、フィレンツェに帰り着いた。だが、彼女は、もうアルビツィの屋敷に住んでいない。サント・スピリト区の祖父母の家では、以前と変らぬ生活が待っていた。ヴェネツィアで見た夢の名残りは、帰る時に与えられた何着かの衣装だけだった。

それでも、花嫁を迎えにヴィンチェンツォがフィレンツェに着いたことは、その日のお祭りさわぎで知っていた。あの方と同じ街にいる、そう思うだけでジュリアは、夢を見るような眼つきになった。マントヴァの若君は、フィレンツェでも人気があった。レオノーラ姫は美男の婚約者に夢中ですとさ、とささやく声も、誰一人不思議に思わないほど、明るい若々しいヴィンチェンツォは、フィレンツェの女たちを魅了したのだ。ジュリアは、偶然の出会いを期待しながら、街を歩きまわった。だが無駄だった。ヴィンチェンツォが、花嫁より一足先にマントヴァへ帰ったことを、彼女はその二日後にはじめて知った。

レオノーラ姫が婚礼のために発つ日、ジュリアは何かに押されるような気持で、行列の発つシニョリーア広場へ行った。大勢の人々が見に来ていた。彼女も、群衆の間に隠れるようにして待った。華麗な花嫁行列だった。輿《こし》に乗った花嫁のまわりには、二十人もの女官、羽毛をなびかせた帽子の騎士たちがひかえ、従者や召使の数は数えきれないほどいた。一行を統率するのは、花嫁の叔父で、現トスカーナ大公の弟のフェルディナンド枢機卿。緋色《ひいろ》の衣の枢機卿は、見送りに出ている花嫁の父と談笑していた。ジュリアのそばにいた誰かが言った。

「あれを見ろよ、供ぞろいの連中だけでもたいしたものだ。アルビッツィ、ストロッツィ、ピッティ、サルヴィアーティ、カッポーニ、ネーリ、アッチャイウォーリ、グイッチャルディーニ、ヴォンデルモンティ、バルディ、リカーゾリ、トルナヴォーニ、ルチェライ、まるでフィレンツェの歴史を見るようだ」

「まったく、それに花嫁の持参金が三十万スクードだそうだ」

ジュリアは、もう見ても聴いてもいなかった。自分とレオノーラ姫との身分の差も、三千と三十万の持参金のちがいも、くらべてみる気にもならなかった。彼女は、行列の出発まで待たずに、その場を立ち去った。

四月二十九日にマントヴァで婚礼が行われたことを、ジュリアは風の便りに知った。そして六月、花婿と花嫁がヴェネツィアを公式訪問し、大歓迎を受けたことも、二人の仲のむつまじさが評判になっていることも、街の噂で聴いた。ちょうどその同じ頃、ジュリアは、妊娠したことに気づいていた。誰の子か、問うまでもなかった。冬の盛り、アルビッツィの田舎の家で、ジュリアは男の子を産み落した。元気な子だった。だが、その子も産れるとすぐ母親から引き離され、しばらくしてマントヴァへ送られたとのことだが、ヴィンチェンツォの庶子としてさえ、認められなかったらしい。記録にも、見当らない。

翌年の春、ジュリアは結婚した。メディチから与えられた持参金を持って、大臣のヴィンタの指示で、メディチ家の音楽師カッチーニの許《もと》へ嫁いだのである。夫となった男は、音楽師としての才能はあったらしい。性格的にはどんな男だったのかは知られていない。彼とても、ジユリアの前歴は知っている。知っていて、三千スクードもの大金と、大臣に恩を売っておく有利を計算して、結婚を承知したのであろう。結婚生活は地味なものだった。ヴェネツィアでのことは、宮廷に出入する人ならば誰でも知っていることだった。普通ならば宮廷付きの音楽師の妻として列席を許される宴にも、ジュリアの姿を見た者はいなかった。それが、ジュリアの意志によるものか、それとも夫の要求によったものかは知らない。

一五八六年、ジュリアの産んだ子がマントヴァへ連れ去られてから一年余りが過ぎた頃、そのマントヴァからもたらされたひとつの知らせが、フィレンツェ中をお祭り気分にした。レオノーラに、待望の男子誕生である。ヴィンチェンツォは、一子の父親になったわけだった。政略結婚には、世継ぎの誕生が重大な課題となる。まして翌年には第二男子誕生。フィレンツェでもマントヴァでも、トスカーナ大公国と、マントヴァ公国の堅い結びつきを祝して開かれる、連日の騎馬競技会やサッカー試合に、庶民までが熱狂した。

その頃のジュリアがどのようにくらしていたかについて、当時の記録は沈黙して語らない。だが、第二男子誕生の年に老マントヴァ公が亡くなり、ヴィンチェンツォが、二十五歳でマントヴァ公爵になったことは、知っていたであろう。そして、一五九五年と九七年の二回、ヴィンチェンツォが軍をひきいてトルコに遠征したことも、人伝《ひとづ》てに聴いて知っていたかもしれない。彼女の没年さえ明らかでないのだ。

ただ、一六〇〇年の記録では、ジュリア・デリ・アルビツィ・カッチーニは、もうこの世の人ではなくなっていた。

エメラルド色の海

「王女さまの代りは、このわたくしがつとめましょう」

こう言いだしたのは自分なのだ、誰に強要されたわけでもない、このわたし自身で言いだしたことなのだ、と、ピアンカリエリ伯爵《はくしゃく》夫人は、昨夜から何度となくくり返してきたこの言葉を、もう一度、わが胸の底にたたきこむかのようにつぶやいた。

彼女は、やはり怖《おそ》ろしかったのだ。地中海沿岸の住民から、悪魔のように怖れられている、トルコの海賊ウルグ・アリと会わねばならないことが、なんとしても怖ろしかったのである。


事件は、一五五九年の春の盛りに起った。

その年、サヴォイア公爵エマヌエレ・フィルベルトは、結婚したばかりの妃《きさき》マルグリットをともない、領国巡行の途中、ニースの近くのヴィッラフランカに、数日の滞在のつもりで立ち寄った。

ヴィッラフランカは、海岸に突き出た城塞《じょうさい》から、いかにも守りの堅い戦略基地のような感じを与えるが、実際は、城塞をのぞけば、小さなありきたりの漁村にすぎない。ただその時は、この貧しい漁村に、イタリア強国の一つ、サヴォイア公国の全宮廷が移っていたのだった。それを、獲物《えもの》を求めて付近の海を航海していた、トルコの海賊船隊が察知した。

武勇の誉れの高かったサヴォイア公は、逃げようとはしなかった。海賊船をひきいるのが、有名なウルグ・アリと知るや、女連れの旅の守りとして連れてきた、わずか三百の歩兵に二十五人の鉄砲隊と百人たらずの家臣だけで、無敗を誇る海賊アリに立ち向おうとしたのである。

黒と白の帆にいっぱいの追風を受け、まるで巨大なむかでのように、船の両わきから海面に突き出た櫂《かい》がリズミカルに波を切る。二隻《せき》の海賊船は、見るまに海岸に迫った。

サヴォイア公の鉄砲隊は、まだ動けない。着弾距離がせいぜい六、七十メートルなので、敵がその距離に近づいてくるまでは、じっと待つしかないのだ。

トルコ人は、それを知っている。海岸まであとわずかというところで、櫂の動きが止り、同時に、すばやく帆がたたまれた。小舟が、次々と海面におろされる。それに向って船上から、数本の綱が投げられたと思ったら、トルコ人たちが、驚くほどの身軽さで、それを伝わってすべりおりはじめた。

サヴォイア公国は海軍を持たない。陸のしげみの中にひそむサヴォイアの兵は、今はじめて眼前にするトルコ海兵の見事な動きを、驚嘆の思いで眺めた。予想していたよりも敵の数の少ないことが、彼らに、敵の行動を鑑賞させるだけの余裕を与えたのであろう。だが、これはすぐ後に、大きな誤算とわかるのだが。

悠々と小舟に乗りこんだトルコ兵は、櫂の音も軽やかに、海岸に近づいた。舟底が海中の岩にふれるやいなや、櫂を投げ捨て、海岸にとびうつる。その時を待っていたサヴォイアの鉄砲が、火を噴いた。たちまち、数人のトルコ兵が、ターバンを巻いた頭をのけぞらせ、手に持った半月刀を高くかかげたまま倒れる。

緒戦の結果に気をよくしたサヴォイア兵は、ここでいっきに勝負を決しようと、しげみからどっとくりだした。公も公の重臣たちも、騎馬で、歩兵の指揮に駆けまわる。トルコ兵は、たちまち海ぎわに追いつめられた。もうひと突きで、敵は海に追い落されそうになる。

その時だった。背後の丘から、

「アッラー！　アッラー！」

の雄叫《おたけ》びもすさまじく、前に二倍するトルコ軍が襲いかかってきた。あらかじめ岬の向うがわに上陸し、サヴォイア兵に気づかれることもなく待機していたトルコ軍の本隊が、時はよしと攻撃を開始したのだった。トルコ兵は、走りながらも適確に、鉄砲を打ちこむ。

まず最初に逃げ腰になったのは、サヴォイアの歩兵だった。死をも怖れないと聞かされてきたトルコの海賊を、いとも簡単につぶせそうだったために、それまでの恐怖を忘れていたのだが、思いがけない敵から、しかも背後を攻められては、たちまち以前の恐怖を思いだしたのであろう。散り散りになって逃げだした。騎士たちが、それを必死にくい止めようとつとめても無駄だった。鉄砲隊も、蹴散《けち》らされる。海ぎわまで追いつめられていた前衛のトルコ兵も、友軍の出現と呼応して、攻勢に打って出た。サヴォイア兵は、はさみ打ちになったのである。

戦いは、あっけなく終った。かろうじて城塞に逃げ帰ったサヴォイア公が、最初に受けた報告は、家臣四十人と兵百以上が捕虜になった、という惨《みじ》めなものだった。

しかし、怒りに胸をかきむしってばかりもいられなかった。家臣を四十人も捕虜にされて、そのまま捨てておくわけにはいかない。放っておけば、奴隷《どれい》として売られるか、ガレー船の漕《こ》ぎ手となって、一生を鎖につながれる運命が待っている。そうさせでもしたら、彼らの主君であるサヴォイア公の名に、傷がつくだけだった。公は、身代金《みのしろきん》交渉の使節を、海賊の頭《かしら》ウルグ・アリに送った。

アリからの答えは、ただちに返ってきた。騎士一人につき八百スクード、歩兵は一人百スクード。

合わせて四万スクードを越す莫大《ばくだい》な金額に眼を見張った公は、次いで、トルコの海賊の頭がつけ加えてきた条件を読んで、屈辱のあまり青くなった。

——身代金の支払いは、サヴォイア公国の貨幣でなく、お手持ちの金銀の道具や宝石類でもなく、ヴェネツィアかジェノヴァの金貨で支払われたし。それを準備するに若干の日数を要するであろうが、その期間、われわれは港で待機していよう——

サヴォイア公が怒り狂ったのも無理はなかった。あなたの国の貨幣は信用置けないし、あなた方の持参している金銀や宝石もたいしたものでないだろうから、支払いは、通貨として信用第一のヴェネツィアかジェノヴァの金貨で払われたし、という意味であったからである。しかも、そういう信用のおける金貨も、たいしてお持ちでないようだから、それを集める間、こちらは待っていよう、とまで言われたのだから、腹をたてるのも当り前だ。国境を接している関係から、隣国フランスとの縁組みが多く、大国フランスの後ろだてで、イタリアの強国のひとつのような顔をしていながら、実質はヴェネツィア共和国に及びもつかない経済状態にある、サヴォイア公国の内情を、十分に知りつくしたうえでの、ウルグ・アリの返答だった。とはいえ公爵には、急使を、ジェノヴァの銀行に走らせるしか道はない。

金貨さえ着けば、すべては終る、と自らに言いきかせ、港に停泊するトルコ船をやむをえず眼にしなければならない、腹だたしい時を耐えていた公爵に、またも頭を痛くさせる難題が持ちこまれた。

——トルコのスルタンの家臣の一人として、わが主君とは同盟関係にあるフランス王国の王女でサヴォイア公妃のマルグリット様に、主君のスルタンに代って、あいさつの言葉をのべたい——

これが、海賊ウルグ・アリの申し出だった。トルコ海軍は、戦時でなければ海賊としての行動を許しているから、アリもまた、立派なスルタンの家臣である。そのうえフランスが、キリスト教諸国中唯一《ゆいいつ》、隣国のスペインへの対抗心から異教国のトルコと同盟を結んでいるのは、周知の事実だった。ウルグ・アリの申し出は、まったく道理にかなったものなのである。

だが、サヴォイア公にとってみれば、とうてい受け容《い》れられることではなかった。いかにスルタンの臣下の一人とはいえ、王女を海賊に会わせたとあっては、王女の実家のフランス王家に、なんとして申しひらきができよう。また、これほどまでに屈辱的な敗戦とその後の身代金支払いまで承諾させられたうえに、公妃を海賊の眼にさらしなどしたら、夫であるサヴォイア公の顔が丸つぶれになり、他国の物笑いの種になるだけだった。かといって、海賊アリの申し出を拒絶すれば、捕われている百四十人は、その場で首をはねられるかもしれない。さすが豪胆で鳴るサヴォイア公も、この窮状には頭をかかえてしまった。

その時である。同席者の中から進み出た、ピアンカリエリ伯爵夫人が、

「王女さまの代りは、このわたくしがつとめましょう」

と言ったのである。皆の視線が、サヴォイア宮廷の女官長でもある夫人に、いっせいに集中した。驚きと好奇心のいりまじった宮廷人の無責任な視線を浴びながら、ピアンカリエリ伯爵夫人マリア・デ・ゴンディは、女たちの席を離れ、静かに公爵の前まで進んだ。

「御主君さま、わたくしがお妃さまの衣装を着け、お妃さまのふりをして、その海賊の頭とやらに会いましょう」

サヴォイア公は、自分の一族の一人と結婚している、宮廷内でも身分の高い夫人の申し出を、感謝の気持をあらわにしながら受けた。凡人でもなかったサヴォイア公は、三十歳を迎えて成熟した美しさに輝く、知性にあふれた優雅な女としても知られた、ピアンカリエリ夫人なら信頼することができる、と判断したのだった。

城塞の塔から、あらかじめうち合わせてあったように、二発の空砲が鳴りひびいた。公妃が会見を受諾したという意を示したものだった。港に停泊している海賊船からも、おりかえし二

発が鳴る。承知した、という意思表示だ。早速、城塞から式部官が海賊船へ向った。翌朝に予定された会見の、時刻や人数についての細かいうち合わせのためである。こうして、前代未聞のこととて、宮廷人のおしゃべりが、自室にこもったマリア一人を除いてはてしなく続くあいだに、その夜はふけていった。

ピアンカリエリ伯爵夫人マリアも、ウルグ・アリと名のる海賊の経てきた数奇な半生を、宮廷内の噂話《うわさばなし》や、とくに親しい間柄のスペイン大使からの話で、おおよそのことはすでに知っていた。

ウルグ・アリは、はじめは、トルコ人でも回教徒でもなかった。イタリア人で、キリスト教徒として生れ育ったのである。

一五二〇年に、南イタリアのカラーブリア地方の小さな漁村カステッラに、漁師の子として生れた。ジョヴァン・ディオジニ・ガレーニという名まえである。ところが、父親の手伝いをしながらジョヴァンが十六歳になった年、カステッラの村が、トルコの海賊に襲われた。父親は、その時に殺される。彼は、他の若い男や女たちと同様に捕虜にされ、コンスタンティノポリスへ連れて行かれた。オスマン・トルコの華麗な首都の奴隷市場に売りに出されたジョヴァンを、ジァファという海賊船の船長が買い取る。ジァファは、自分の所有する三隻のガレー船のうちの一隻に、買い取ったばかりのイタリアの若い漁師を、漕ぎ手として送りこんだ。両足首には重い鎖をひきずり、鎖のはしは、漕ぐ時に坐る木の台に固定され、上半身裸体で、見るものといえばこれも同じような境遇の仲間たちの背中だけ。そんな中で鞭《むち》の音におびえながら必死に漕ぐだけの日々が、二年間も続いた。

しかし、危険な仕事というものは、才能を示す機会にも恵まれるものだ。船が難破しそうになったり嵐《あらし》に出会ったりするたびに、船長のジァファは少しずつ、この若い奴隷が、並の人物でないことに気づきはじめた。ジョヴァンは、漕ぎ手から舵手《だしゅ》に昇進である。この責任重い役目を、若い奴隷は立派にこなした。主人の信頼は、増す一方だった。

奴隷が二十歳になった年、主人のジァファは、自分の娘と結婚し、回教に改宗して、奴隷の境遇を捨て、自分の片腕となる気はないか、とたずねた。若いイタリアの漁師は、少し迷った後、キリスト教を捨てる気になれない、と答えた。

だが、やむをえずキリスト教を捨てねばならない時が、それからほぼ一年後にやってくる。主人のジョヴァンに対する厚情をねたんだ奴隷仲間の一人が、闇《やみ》にまぎれて彼を殺そうとしたのだった。その男をジョヴァンは、返す短刀で突き殺してしまう。正当防衛ではあった。しかし、トルコ領土内では、回教徒以外の他教徒が人を殺した場合、理由がなんであろうと死刑と決っている。ただし、回教徒がキリスト教徒を殺しても、死刑にならないどころか釈放されるのだ。若い奴隷には、死にたいと思わなければ、選ぶ道はひとつしか残されていなかった。ジョヴァンは、主人ジァファの娘との結婚を承諾し、回教に改宗し、名前も、ウルグ・アリと変えたのである。

十年余りの歳月が、またたくまに過ぎた。地中海は、アリにとって、自由で快適な彼の世界になっていた。貧しいイタリアの漁師の子は、三十四歳を迎えた年に、二隻の快速船の持主となる。その年、サルデーニャ島付近を航海中のアリの船は、スペインの国旗をかかげたガレー船を見つけた。向うの船も、こちらのトルコ国旗を認める。逃げきれないと思ったのか、スペイン船は向ってきた。互いの船腹から突き出た櫂が、かみ合うまでに接近する。櫂を伝わって、トルコ人がスペイン船に襲いかかった。スペイン人たちも善戦したが、海上での戦いに慣れているトルコ兵の敵ではない。殺されなかった者は、捕虜にされた。

この事件が、元キリスト教徒のトルコの海賊アリの名を、ヨーロッパ中に知らせることになった。そのスペイン船に、高名なカタロニアの武将ロザーダが乗っていたのが、アリとの一騎打ちに敗れ、捕虜にされたあげく、高額な身代金を支払って、ようやく奴隷にされずにすんだ話が、アリの名を、いちやく有名にしたのだった。これ以後、地中海沿岸の国々、スペイン、フランス、イタリア諸国は、アリを、要注意人物のリストにのせた。しかし、アリは、それに挑むように、いちだんと派手に動きはじめた。

五隻のガレー船をひきいたアリは、マルタ騎士団の十三隻からなる船団を指揮する、ヨーロッパ最高の海将アンドレア・ドーリア二世と、マルタの沖合で対戦。

リビアのトリポリをトルコから奪回したスペイン王フェリペ二世に対し、雪辱戦を目指すトルコ海軍に編入され、提督ピラル・パシャ指揮の船団の前衛をまかされ、二十隻のガレー船、五千人の海兵の指揮をして、キリスト教国の船団を蹴散らし、多数の捕虜まで得る。

これほどの戦歴を持つウルグ・アリにとって、ヴィッラフランカでのサヴォイア公との戦いは、ほんの小ぜり合いでしかなかったのだ。彼はその年、三十九歳になっている。

ピアンカリエリ伯爵夫人は、その日、朝早くから、身仕度に忙しかった。トルコの海賊との会見は、十時と決められていたからである。髪が、フランス宮廷の流行に従って、頭上高くまとめられた。衣装は、公妃よりも彼女のほうが背が高いために役立たず、夫人所有の衣装の中から、フランス風の仕立てで最も豪華な一着を着ることになった。まるで額ぶちのように、胸元からレースのえりが、細いうなじをめぐっているものだ。服は二重の仕立てになっていて、金糸の輝く錦《にしき》が、長いスカートと袖口《そでぐち》を飾り、その上には、空色のビロードが、広くあけた胸元から細くしめあげた胴をへて、ゆらりとスカートの上に広がる仕立てだ。フランス王家の紋章である百合《ゆり》の花をあしらった王冠と首飾りは、公妃から貸し与えられたものだった。それらを着け、鏡の前に立ったピアンカリエリ夫人は、着付けを手伝っていた召使までが、王女さま以上に王女さまでいらっしゃる、と不用意にもらしたほど、気品に満ちた美しさに輝いていた。準備はととのったのだ。

会見の場へおもむくように、と告げられたのは、それからしばらくの時が過ぎてからだった。椅子《いす》に坐って待っていた夫人は、侍女も連れず自室を出た。会見の場が城塞の広間であることは、まえもって知らされていた。夫人は、勝手知った城塞の中を、広間に向って行きながら、ふと窓の外に眼をやってはっとした。城塞の周囲に、トルコ兵が、少しずつ間隔を保ちながら立っているのが見えたのである。中庭に眼をやった夫人は、今度は顔色を変えた。そこにも、百人近いトルコ兵が、銃をかまえて並んでいた。連れ去られるかもしれない、と彼女は思った。自分はフランス王女のふりをしている、フランス王女なら、身代金も最高の額になるだろう、しかし、自分はにせの王女なのだから、誰一人、そんな身代金を支払う者はいないにちがいない。身代金も支払われないまま、自分は、南イタリアのいやしい生れの醜い小男のそばで、女奴隷として一生をおくるのか。とたんに夫人の足どりが重くなった。

会見の場に入った夫人は、思わず唇をかみしめた。そこには、男たちは一人もいなかった。サヴォイア公はもちろん、夫であるピアンカリエリ伯さえも姿を見せていないのを知ると、彼女は、腹だたしい思いを顔にあらわさないために、両手をきつくにぎりしめて耐えようとした。女たちはいた。しかし、豪華な貴族の女の衣装を着けて並んでいる女たちの顔を見たとたんに、夫人は屈辱でふるえ、椅子に坐ることさえ忘れて立ちすくんだ。彼女は、下働きの下女の群れとともに放り出されたのだ。

扉が内がわに開かれ、男が一人入ってきた。並より抜き出た背丈ではなかったが、頭上のターバンがかもいにふれないように、背をかがめなければならなかった。その後に、従者が一人、小箱をもって従っていた。

きらびやかな金色のどんすのトルコ風の長衣とガウンにつつまれ、白絹のターバンが東洋風な威厳さえただよわせながら、男は、ひざを折って丁重に礼をした。夫人も、思わず同等な立場の女が男に対してするような、あいさつを返した。夫人は、トルコ帝国のスルタンを眼前にしているのではないかと、一瞬ではあったが思ってしまった。それほど、海賊アリの容姿は洗練されていた。しかし、トルコ人独得のわし鼻ではなく、この男の鼻は、かつて古代ギリシアの植民地として栄えた南イタリアの出身を示すように、細く鼻すじの通ったものだった。トルコ風の細い口ひげの顔は、長い海の上の生活のためか、浅黒く陽焼けし、栗色《くりいろ》の眼が、夫人をじっと見すえて動かない。夫人は、見破られたのか、とひやりとした。しかし、そうではなかった。ウルグ・アリは、王女さまはイタリア語を解されると聞いたので、通訳を連れてこなかったが、と前おきして話しはじめた。北イタリア生れの夫人が、南イタリアの人々と話す時にいつも感じる、あの、荒々しく官能的にひびく声で、その男は話しはじめた。

どのようなことを話したのか、夫人は思いだせない。男も口数の多いほうでなかったし、夫人も、イタリア語を流暢《りゅうちょう》に話しすぎてはいけないと自制していたので、短い時間でもあり、たいした会話をしあったわけではなかった。ただひとつ、男は、先日以来のことではさぞかし御心配であったろうが、あれは男の世界のならわしであって、婦人方の身に危害が及ぶようなことはないのだ、と言ったのが、夫人の耳に残った。キリスト教国の騎士そこのけの礼を、海賊から受けようなどとは、想像してもみなかったためかもしれない。

終りに、男はトルコ語で、鋭く何か言った。打てばひびくような素早さで、控えていた従者が進み出、小箱を夫人に捧《ささ》げた。夫人は、自分でも不思議に思ったほどの素直さで、小箱のふたを開けた。中には、首飾りが入っていた。まるで金の雲の切れ目からのぞく地中海のように、大きな角型のエメラルドのまわりは、繊細な唐草模様の金細工が豊かにふちどり、そのまま金雲がたなびくように弧を描いて、緑色の宝石にもどってくる。オリエント特産の宝石を、オリエントの工芸技術の粋をつくして飾った、見事な芸術品だった。

はじめからの態度をくずさず、丁重でいて、しかし少しも卑下したところもなく男が立ち去った後も、夫人は、その場にぼう然と立ちつくしたままだった。城塞の外からも中庭からもトルコ兵の姿が消えているのに気づいても、別にほっと安心したわけでもなかった。連れ去られるかもしれないなどと怖《おそ》れた自分が、恥ずかしく思えた。

サヴォイア公が入ってきて、ひざまずく夫人に、良くやった、ジェノヴァから金もどいたから、捕虜が自由になるのも時間の問題だ、と言った。夫人は、無言で、小箱に入ったままの首飾りを差し出した。公は、それを手にとって眺め、賤民《せんみん》の出にしては趣味が良いな、と笑い、これはそなたに、あらためて今日のほうびとしてつかわす、と言った。

城塞の物見台からは、ヴィッラフランカの小さな港が眼前に見える。ピアンカリエリ伯爵夫人は、そこから、金櫃《かなびつ》を持ったサヴォイアの家臣が船に向ったのも、折り返して、捕虜になっていた男たちが海賊船からおろされ、城塞の中に駆けこむようにして入ったのも、なんの感情もなく眺めていた。

だが、それも終り、港に停泊していた五隻のトルコ船が、いっせいに櫂《かい》を水平にあげ、水鳥が飛び立つ瞬間に似た姿になった時、夫人の胸の中に、熱いなにかが急にこみあげてきた。翼を広げたように水平に並んだ櫂が、次の瞬間、ふわりと海面に落ちる。そのまま軽やかに、海水を切りはじめた。たたまれていた帆が、するすると帆柱を伝わってのびたかと思うと、すぐにいっぱいの風をはらんだ。五隻のトルコ船は、一隻ずつ列をつくって、見るまに遠ざかって行く。一番前の船にはためく、緑の地に金色の半月を描いた旗は、船団の長の坐乗船を示すものであろうか。

あの船は、薄い青色のこのリグーリアの海を離れて、濃い緑色に輝く地中海の中心に向うのだろう、自分は見たことはない、だが人伝《ひとづ》てに聞く話では、まるでエメラルドのような色をしているという、南の海に向って。

夫人は、すでに夕闇にかすみはじめた水平線の彼方《かなた》に、船がひとつひとつ消えていくのを眺めながら、いつまでも立ちつくしていた。

あの、ヴィッラフランカでの出来事から、一日一日と遠ざかるにつれて、ピアンカリエリ伯爵夫人マリアは、自分が恋をしてしまったことを、かえって強く感じはじめていた。三十歳を越えている夫人は、小娘のように、自分の恋に夢中になれるわけがない。他人の眼から見れば、それがどんなに馬鹿気た狂気であるかを、十分に知っていた。

わたしのほんとうの名も知らない男、キリスト教徒の敵、回教徒の側にいる男、いやしい漁師の息子で、奴隷あがりの海賊。

彼女は、理性ある者ならば誰でも言いそうなことを並べて、自分の恋を自分からあざわらい、もみつぶそうとしたこともあった。しかし、恋というものは、なぜと聞かれても説明できるものではない。夫人は、男から贈られたエメラルドの首飾りを、小箱の中にしまい、決してどんな機会にも着けようとしないでいて、一人になった時にそっと箱を開けて眺めるように、恋も、普段は胸の中にしまいこむことにしたのだった。宮廷の人々は誰一人、そんな夫人の胸中を知った者はいなかった。

しかし、あの事件は、ずいぶんと長い間、サヴォイア公の宮廷では、かっこうの話の種になった。あの日は、誰もが危険を怖れて近づかなかったくせに、もはやそれも過ぎ去ったこととなれば、面白おかしく話題にしても安全なのだ。中心はいつも、公妃のマルグリットだった。

フランス王家の出身をかさにきて、公爵夫人とは呼ばせずに、いつまでも王女さまと呼ぶよう命ずるマルグリットだったが、自分に会いたいと言ってきたトルコの海賊に対しても、ひどく好奇心をいだき、どんな男ぶりだったか、失礼なことはしなかったか、などと、ピアンカリエリ伯爵夫人に始終問いただしては、コロコロと笑いころげるのだった。夫人は、そのたびに、立派な殿方でした、と答えるのだったが、いやな気分になるのだけは、どうしようもなかった。

贈り物の首飾りも見たがった。エメラルドの大きさと美しさには、さすがのフランス王女も眼を見張ったが、夫であるサヴォイア公が、すでに夫人に与えてしまっているので、取り上げるわけにはいかない。どうせ、どこかの金持から奪ったものなんでしょう、と言って、汚ないものででもあるように、夫人に返した。

ただでさえ、フランス王の宮廷をまねることしか考えないサヴォイア公の宮廷人である。まして、フランス王女を公妃にいただいている今、すべてがフランス一辺倒になるのに不思議はない。フランス人に言わせれば、トルコなどは野蛮人の国で、その野蛮人のためにキリスト教を捨て、彼らのために働くウルグ・アリなどは、にせの王女と会って満足する男、やはり賤民の生れは争えない、となるのだった。

だが、夫人はイタリア人である。宮廷を訪れるヴェネツィアやフィレンツェの大使の話や、オリエント交易に従事するこれらの国の大商人の話を聞くだけで、地中海の東が、西がわに劣らないどころか、それ以上かもしれないほど進んだ文化を持っているのを知っていた。フランス人もサヴォイア人も無知なのだ、と彼女は思った。無知なだけでなく、生ればかり気にして、出身が良いだけで安心している卑怯者《ひきょうもの》の集まりだ、と思った。彼女の夫が、その最もよい例だった。サヴォイア公家の一員であることだけがとりえで、フランス宮廷の風習をまねて、女官たちとの恋にうつつをぬかすほかは、名目だけにしろ、自らが長の騎兵隊の訓練すら人まかせなのだ。あれほど徹底して敗けたのに、アリが賤民の生れということだけをとりあげて、笑いとばそうとしているこの貴族たちこそ、彼女から見れば、よほど哀れで情けない男たちだった。それほど愛してもいなかった夫から、ピアンカリエリ伯爵夫人の心は、完全に離れてしまったのである。

サヴォイアの宮廷の中で、夫人以外に、トルコを笑いものにしなかったのは、公爵エマヌエレ・フィルベルトだった。公は、惨めな敗けぶりを忘れなかっただけでなく、これからは海軍を持たない国は、トルコに対して裸も同然であると同時に、他の国々からも相手にされなくなることを感じとったのだった。海軍国で有名なヴェネツィアやジェノヴァはもちろん、法王庁ですら艦隊を持つ時代になっている。北イタリアの強国を目指すサヴォイア公国だけに、各国の動きを無視するわけにはいかなかった。公爵は、艦隊建造の命を下した。ところが、経済的に恵まれないサヴォイアとしては、三隻のガレー船を作ったところで息が切れてしまう。「旗艦《カピターナ》」と、公妃の名を取った「マルゲリータ」（マルグリットのイタリア風発音）、「黒人の少女《モレッタ》」、これだけがサヴォイアの海軍ということになる。このことは、各国の大使の通信文でも、いかにウルグ・アリにやられたうらみのためとはいえ、と、笑いものにされただけだった。

三隻から成る初のサヴォイア艦隊の進水式に、全宮廷を従えて出席し、ひどく満足気なサヴォイア公の許《もと》に、いつもオリエントの情報を持ってくるヴェネツィア大使から、ひとつの知らせがとどいた。

ウルグ・アリ、エジプトのアレキサンドリア港守備司令官に就任

誰よりもサヴォイア公が、ぼう然と言葉もなかった。ふり上げた手の、もっていきどころがなくなってしまったのである。五隻のガレー船をひきいていた海賊は、あれからわずか三年後に、トルコのスルタンから、地中海の要所アレキサンドリアの防衛をまかされるほどになったのである。トルコ人でもなく、生れた時からの回教徒でもないのに、異例の出世といわねばならなかった。

同じ年の夏も終ろうとするある日、トリノに帰っていたサヴォイアの宮廷に、一年に一度、オリエントからの珍しい品々を持ってあらわれる、ヴェネツィア商人のマリピエロが訪れた。公爵は不在だったが、公妃を中心に、しばらくの間にぎやかな品定めをした後、商人は、なに気なくピアンカリエリ夫人を物陰にまねき、のちほど秘密の用件でお会いしたいのですが、とささやいた。夫人は、旧知の仲のマリピエロでもあり、なんのことかと思ったが、深くただしもせず、あとでわたしの部屋に来るように、とだけ答えた。

自室で刺しゅうの台を前にしている時、侍女が、ヴェネツィア商人の来訪を告げた。入ってきたマリピエロは、大きな荷物をかかえていた。刺しゅう台をわきへ押しやり、椅子に坐るようにと手で示した後、夫人は商人の言葉を待った。マリピエロは、毎年ヨーロッパとオリエントの間を自分のガレー船で往復するほどの大商人らしく、落ちついた声音で話しはじめた。

「伯爵夫人には、三年前に会われたウルグ・アリを覚えておられると思いますが」

夫人の眼の動きがとまった。しかし、彼女は沈黙したままで、商人の次の言葉を待った。

「ウルグ・アリは、あの時会ったのがフランス王女でないことを知っています。ヨーロッパ各国の宮廷に出入りする者ならば、われわれのような者まで知っていたことが、トルコ側に知れないはずもなかったのですが、多分、フランスとは仲の悪いスペインの大使あたりからもれたのでしょう。

私も商売がら、トルコの高官たちとも知合いの仲ですが、今年の春アレキサンドリアに商用で立ち寄った折、あそこの司令官になったウルグ・アリと会う機会があり、その時、彼が、私がサヴォイア公爵の宮廷にも出入りしているのを聞いたのでしょう。私に、あの時に王女マルグリットの代りをつとめたのは誰か知っているか、とたずねたのです。私はここまで知られている以上、真実を言うべきと思い、ピアンカリエリ伯爵夫人マリア・デ・ゴンディといわれる方ですと答えました。ウルグ・アリは、ふと微笑をもらし、大胆で勇気があって、それでいて優雅で美しい方だった、と独り言のようにつぶやいたのです。それから私のほうにふり返り、イタリアの高貴な女性には、あの伯爵夫人のような方が多いのだろうか、とたずねました。私は苦笑しながら、イタリアでも、あの方のような女性はそれほど数多くいるわけではありません、と答えたものです。

その翌日、ウルグ・アリの従者が、私の宿舎にこの品物をとどけてきました。ピアンカリエリ伯爵夫人に差しあげてくれと。それからここまでの運び賃として、五十デュカートが同封されていました。というわけで、私が持参したのがその品です」

商人の手で、贈り物が広げられた。見事な錦の一巻きだった。緑色と金と銀が微妙に織りこまれたそれは、日の当る角度で色が変った。商人は、われわれのように織物をあつかい慣れている者でも、見とれてしまうほど素晴らしい品です、朝と昼と晩で、別の布のように変りますよ、と言った。

商人が立ち去った後、夫人は、侍女も遠ざけて部屋に閉じこもり、錦の巻き物を部屋中に広げた。そして、小箱からエメラルドの首飾りを取り出し、布の海の上にそっと置いた。しばらくそれを眺めていた夫人は、もう耐えられなくなった。寝台の上に倒れ伏したまま声をはなって泣いた。いつまでも、声も涙もかれはてるまで泣きつづけた。悲しいからではない。嬉《うれ》しかったからだ。そして、三十三歳になっても小娘のように泣く自分が、いとおしく思えさえした。夫人が商人を通じて、ウルグ・アリに、自分の気持を伝えるための言葉も小さな品さえも渡さなかったことを、現代に生きる女ならば不思議に思うかもしれない。しかし、夫人の生きた十六世紀後半は、反動宗教改革の時期で、魔女裁判の嵐が吹きまくっていた時代である。少しでも疑いがあれば、いや少しも疑いがなくても、異教徒や悪魔と通じたという密告だけで、残酷な拷問《ごうもん》にかけられ、末は生きながらの火あぶりと決っていたのだった。

イタリアは、当時でも、魔女狩りなどほとんどしなかった国である。だが、本国でひどいことをやっているスペインやフランスの支配下にあった北イタリアでは、比較すれば少ないにしても、まったく起らなかったわけではない。ヴェネツィア人がヒステリーと軽蔑《けいべつ》し、ローマ法王が、困ったことだ、と忠告を出す程度には起ったのだった。サヴォイア公国は、フランスと、スペイン支配下のミラノにはさまれた国であった。

ピアンカリエリ伯爵夫人は、贈られた錦で衣装を作らせた。それを着けて出た夜会では、男だけでなく女たちまで、夫人の衣装の美しさをたたえない者はいなかった。夫人は、その夜、衣装を着け終って部屋を出る前に、鏡の前に立ち、あのエメラルドの首飾りも着けてみたのだ。灯の光でにぶく沈む緑色の錦には、深い緑のエメラルドは、よく似合っていた。しかし、その首飾りが、異教徒からの贈り物であることを誰もが知っている。それを着けて出るわけにはいかなかった。夫人は、首飾りをそっとはずし、またもとの小箱に収め、部屋を出た。

夫人がことさらに、ウルグ・アリの動静を知ろうと苦労しなくても、この元キリスト教徒の名は、しばしば宮廷人の話題の中心になった。アレキサンドリアの守備司令官任命から一年も過ぎない一五六三年、地中海の島マルタをめぐる攻防戦が起る。この戦いで、ウルグ・アリははじめは参加していなかったのだが、トルコ側苦戦の報に、スルタンの命を受け、コンスタンティノポリスから、急ぎ援軍をひきいて駆けつけたのだった。そして、トルコ軍の総帥《そうすい》の戦死の後を受けて、艦隊の指揮官として、マルタ騎士団を敗走させた。その功により、彼は、リビアのトリポリの大守に任ぜられる。

そして、六年後、四十九歳のウルグ・アリは、アルジェリアの大守に昇進した。

その頃、夫人は、例のヴェネツィア商人から、スペイン王フェリペ二世が、ウルグ・アリを再びキリスト教側に連れもどそうと、秘密の使節を派遣したらしい、という話を聞いた。スペイン王は、地中海をはさんで自分の国と対するアルジェリアを、ぜひとも自領にしたいと思っていたし、無視できない存在になっているウルグ・アリを、トルコ側から引き離すことに成功すれば、いずれは正面からぶつからねばならない、キリスト教国と回教国の戦いを、キリスト教側に有利にはこぶことができると考えたためでしょうとは、商人の意見であった。

夫人は、自分の心を捧げた人が、これほどに重要な存在になったことを、まず女らしい気持で喜んだ。そして、もし彼が、スペイン王のさそいを受け、再びキリスト教徒にもどり、アンドレア・ドーリア二世のように、キリスト教国の艦隊を指揮するようにでもなればどれほど嬉しいことか、そうすれば再び会うこともできるものを、とも思った。その夜中、夫人はあらゆる思いが胸中を駆けめぐって、まんじりともしないで夜を明かしたのだった。

しかし、地中海の東の空を戦雲が黒くおおいはじめていたのを、北イタリアの海も見えない地にいる夫人が気づかなかったとて、無理はない。翌一五七〇年、そのむごたらしさで人々に吐き気をもよおさせた、キプロス攻防戦がはじまったのである。

キプロス島は、ヴェネツィア共和国の領土だった。コンスタンティノポリスや黒海沿岸の諸都市はもちろんのこと、中近東やエジプトにまで出かけて交易するヴェネツィア商人にとって、中継基地としてかけがえのない地であったばかりでなく、自国の商業利益を保護する役のヴェネツィア艦隊にとっても、重要な戦略基地である。ヴェネツィアの敵トルコは、それだからこそ、キプロスをなんとしてもわがものにしたかった。

ヴェネツィアは、ヨーロッパ諸国に援軍派遣を請うた。キプロスが陥《お》ちれば次はクレタ島が陥ちる、そうなれば地中海の制海権は、完全にトルコの手に渡るのだと。

ヨーロッパ各国は、ヴェネツィアの言い分を、誰もが妥当であるとうなずいた。しかし、うなずくことと、それを行動に移すことは別である。スペイン、フランスの二大強国も、イタリア内のトスカーナ大公国、法王庁国家でさえも、キプロスが陥ちて損をするのはヴェネツィアだけではないか、と心中では思っていたのである。そんなわけで、援軍派遣は、遅々として進まなかった。

だが、ヴェネツィアは、キプロスを放置するわけにはいかない。島に立てこもる防衛軍の許へ、援助物資を満載した輸送船団を送りはじめた。

一方、アルジェリアの大守ウルグ・アリも、トルコのスルタンから、ヴェネツィアの輸送船団を、たとえ一隻たりともアドリア海から出してはならぬ、との命を受けとっていた。彼は、配下の船団をひきいて、ギリシアのコルフ島に向う。その付近で、ヴェネツィアを出発し、アドリア海を南下し、地中海に出ようとする輸送船団を待ちかまえるつもりだったのだ。ヴェネツィアの船団は、ウルグ・アリの襲撃を受けて、キプロスに着くどころか、地中海に出る前に、多くの船を沈められた。戦時ともなると、商船も艦隊に編入されるのが、ヴェネツィアの規則である。商人マリピエロの持船二隻が、ウルグ・アリ配下のトルコ船によって沈没させられた、との報を、ピアンカリエリ伯爵夫人が聞いたのは、それから二カ月と過ぎない頃だった。マリピエロ自身も、まるで武将のように戦って死んだとのことだった。

援軍到着どころか物資の到着さえも夢となったキプロスは、ついに陥落した。総督ブラガディンは、生きながら皮をはがれ、コンスタンティノポリスに凱旋《がいせん》したトルコ艦隊は、血ぬられひきちぎられた十字架を印した旗を、海面に引きずりながら入港した。

さすがに、ヨーロッパの世論はわき立った。慎重派だったスペイン王も、ようやくその重い腰をあげる。キリスト教世界対回教世界の、地中海の覇権をめぐっての、一大海戦がはじまろうとしていた。

サヴォイア公国も、わずか三隻のガレー船しか持たないが、それをすべて提供する。

ローマ法王は、全ヨーロッパのキリスト教徒に対し、やがてはじまる海戦の勝利を祈るようにと訴えた。

サヴォイア公の宮廷も、提督プロバーナのひきいる三隻の出港を、国をあげて見送った後も、戦勝祈願のミサが、連日どこかの教会で行われた。

ヨーロッパ全土に、打倒異教徒の熱狂がうず巻く中で、ピアンカリエリ伯爵夫人だけは、複雑な思いに、人知れず苦しんでいた。もしトルコが勝てば、地中海沿岸はまたたくまに彼らの領土になってしまうであろうとは、宮廷での男たちの話を聞かなくても、彼女には予想できた。だが、夫人は、皆とともにキリスト教軍の勝利を祈りながらも、あの方だけは死なないように、捕虜にもならないように、とひそかに願うことだけはやめなかった。

九月五日、トルコ艦隊、コンスタンティノポリス出港
九月十六日、キリスト教艦隊、集結地のシチリアのメッシーナを出る
耳だけになったようなヨーロッパに、次々と報告がとどきはじめた。アリ・パシャを総司令官とする、トルコ艦隊の左翼を指揮するのはウルグ・アリ。これと対戦する相手は、キリスト教軍の右翼を守る、アンドレア・ドーリア二世。サヴォイアの三隻は、ドーリア指揮下に配属されているから、ウルグ・アリと直接ぶつかるわけだった。

それから一カ月、待つのに疲れはじめた人々に、たて続けに三つの報告がとどいた。

十月六日、レパント向け、トルコ艦隊追跡中

十月七日、敵艦隊発見、戦闘開始
大勝利、敵総司令官戦死、敵戦死者三万、味方八千、わずかに敵左翼を逃がす

〝レパントの海戦〟として、史上有名なこの戦いの勝利は、ヨーロッパ中を歓喜のうずの中に巻きこんだ。無敗を誇ったトルコ軍に、はじめて勝つことができたのである。そして、ピアンカリエリ夫人のひそかな願いもかなえられた。善戦したウルグ・アリは、本隊と右翼が壊滅状態なのを見るや、まだ海に浮んでいる船を集めて、コンスタンティノポリスまでの退却に成功したのである。


五年が過ぎた。ピアンカリエリ伯爵夫人は、もうサヴォイアの宮廷にはいなかった。公妃が死んだのを機会に女官長を辞し、海辺にある領地に引きこもってしまったのだ。夫もすでになかった。そんなくらしでも、世の中の動きが耳に入ることもあった。ウルグ・アリが、トルコの連合艦隊の総司令官になり、レパントの海戦で壊滅したトルコ海軍の再建に力をそそぎ、四年後には元どおりの戦力にしてしまった、ということも聞いた。夫人はその年の冬、ふとしたことでひいた風邪がもとで死んだ。

ウルグ・アリは、それから十一年生き、トルコ帝国の最高の栄誉に飾られて死んだ。

だが、南イタリアにはこんな伝説が残っている。高貴な生れのイタリア婦人に愛をうちあけられ、その婦人の腕の中で、キリスト教徒に帰って死んだのだ、と。

歴史的には、はなはだ疑わしい話だ。しかし、伝説というものは、民衆の素朴な願望のあらわれであることが多い。ウルグ・アリの故郷、イタリアの漁師たちも、アリを誇りに思いながら、自分たちの信ずる宗教に、彼もまた結局は帰ってきたのだ、と思いたかったのかもしれない。そして、彼らから見ればそれをさせることのできるのは、イタリアの女でなければならないのであった。

パリシーナ侯爵夫人の恋

十五世紀の初頭、ヴェネツィアの南に位置する国フェラーラは、エステ家の当主で名君の評判高い、ニコロ三世によって治められていた。

乱世に生きた当時の多くの君主の例にもれず、侯爵ニコロも、やすやすとその地位を得たのではない。彼は、父の正式の子ではなく、愛人から生れた子であった。だが、嫡子《ちゃくし》に恵まれなかった父は、私生児のニコロを、自分の子として認めた。だから、庶子ではあっても、実際は嫡子と同じようなものだった。

しかし、彼が十歳でしかない時に、父が死ぬ。庶子のニコロが、叔父と争って父の後を継ぐには、それだけの苦労を経なければならなかった。

だが、当時は、実力がものを言った時代である。実力を持つ者が勝ち、勝者を、周囲も認めた。能無しを領主にいただいて損をするのは、領民だからである。フェラーラの住民は、大胆なだけが取り得の叔父よりも、幼いながら利発なニコロを支持したのであった。叔父アッツォは、負けて、地中海の島クレタへ逃げ、数年後にそこで死んだ。

領民は裏切られなかった。フェラーラは、侯爵ニコロの治下、多くの人々が納得のいく政治を享受《きょうじゅ》した。

侯爵は、自国の領民からだけ認められていたわけではない。小国に分裂していた当時のイタリアは、それらの国々が互いに争う戦国時代だったが、侯爵は、国々の争いの仲介者として、無用な戦いを何度となく未然に防いだ。彼が平和主義者であったからではない。フェラーラを外敵に干渉されずに保っていくために、必要な外交であったからである。イタリアの諸国だけでなくヨーロッパの大国でも、フェラーラ侯爵の現実に即した冷静な政治を、悪く言う者はいなかった。

だが、この名君は、弱点を一つ持っていた。女に惚《ほ》れやすいのである。それもひどく惚れやすいのだった。

最初の結婚には、パドヴァの領主の娘をもらった。政略結婚であったが、当時では、君主の結婚は政略でないほうが珍しい。だから、パドヴァの姫君が魅力的であったら問題はなかったのだ。しかし、彼女の醜さとひねくれた性格は、当時の年代記作者たちが一致して書いているほどで、これでは、独身時代から女にもてるので評判だった侯爵が、そのまま落ちついたとしたら不思議だった。

侯爵は、愛人をつくった。それも一人でなく、何人もつくった。領民たちは、一区ごとに愛人がいるのは侯爵の平等政策だろう、と笑いながら噂《うわさ》した。ニコロ様は、自分の私生児だけで一隊をつくる気にちがいない、と話す者もいた。

私生児といえば、侯爵居城に引き取ったのだけでも十人を越えていた。種だけまいてかり入れをしないのにいたっては、誰一人、正確な数字を言える者はいなかった。

それでも、これらの多くの愛人の中で、侯爵は、シエーナの豪族トロメイ家の娘ステッラを、最も愛していたようだ。教養も高く美しいステッラに一度でも会った人は、神に愛された人とはこのような人か、とため息をついたということである。

哀れな正夫人は、惨《みじ》めな思いで過しながらも、生来の病弱もあって、はじめての子をみごもっていた時期に死んだ。

しかも、続いて、健康そうだったステッラも、ふとした病がもとで死んだ。侯爵の歎《なげ》きは深かった。正夫人以上の葬式を出してやったうえ、エステ家の墓所のある聖フランチェスコ寺院に葬《ほうむ》った。

ステッラは、三人の男子を残した。ウーゴ、リオネッロ、ボルソと。三人とも、侯爵の数多い庶子の中でも、ずばぬけて利発ですこやかに育っていた。後に、侯爵ニコロの後をリオネッロが継ぎ、その後をボルソが継いで、エステ家の第一の黄金時代をきずくことになる。

侯爵も、この三人をことのほか愛し、注意深く、君主の子にふさわしく育てようとしていた。とくに、長子のウーゴには、いずれは自分の後を継がせるつもりで、長男にふさわしい待遇を与えていたのだ。ドイツの神聖ローマ帝国皇帝に願い、伯爵の称号をもらってやりさえした。

しかし、妻を亡《な》くし、いずれは正夫人にと思っていた愛人にも死なれた侯爵は、まだ、三十五歳の男盛りである。このまま独り身を続けるのは、フェラーラの領主としての彼の地位からも、情熱的な彼の性格からも不可能だった。再婚することになった。

相手に選ばれたのは、チェゼーナの領主の娘で、高名な武将カルロ・マラテスタの姪《めい》でもあるパリシーナである。この結婚話も、政略から出ていたのはもちろんだが、まだつぼみの美しさの十五歳のパリシーナを見た侯爵は、ひと目で気に入ってしまった。勝気な娘ですぞ、と言った、名を聴いただけで人は怖《おそ》れるといわれたほどの武将の伯父の言葉も、壮年の男の自信に満ちていたフェラーラ侯爵は、かえって面白がりながら聴いた。侯爵と、その夫人となるパリシーナの間には、二十歳の年齢の差があった。

アドリア海に面するマルケ地方の支配者マラテスタ一族の女にふさわしい、豪華な花嫁行列を従えてパリシーナがフェラーラに着いたのは、大河ポーも凍りつきそうな冬の最中だった。だが、新侯爵夫人を迎えて、フェラーラの町は、この寒さもものともしない歓迎の人々でごったがえしていた。十五歳の花嫁は、厚い毛皮にくるまりながらも、武名高いマラテスタ家の女にふさわしくと、輿《こし》には乗らず、馬で城に入った。城門のところに、花婿《はなむこ》の侯爵が出迎えていた。

暖かく用意された城の大広間に通されたパリシーナは、あいさつにあらわれた三人の少年を見て驚いた。これが話に聞いていた、侯爵の最愛の人ステッラの遺子たちであろうとすぐに想像できたが、これほど成長した子たちとは思ってもいなかったのである。

夫の侯爵は、父親らしい嬉《うれ》しさもかくさず紹介した。ウーゴ伯爵は十四歳、リオネッロは十一歳、一番下のボルソは五歳、と。

パリシーナは、一番上のウーゴにいたっては、義母になる自分よりはたった一つしか年下でない、と思うと、複雑な思いがした。

四年が過ぎた。パリシーナ侯爵夫人の日常は、よそめには不幸の影さえもさしていないように見えた。

二人の男子も生れた。二人とも病弱なことが気がかりだったが、男子を与えたことで、妻としての役割は果したわけだった。侯爵夫人のフェラーラ宮廷内での地位は、ますます確かなものになっていった。

しかし、結婚後しばらくは静まっていた侯爵の浮気の虫のほうが、一年ほど前から、また頭をもたげだしたのが、夫人の悩みの種になっていた。当時の男たちのたいがいがそうだったから、気にしないで放っておくのが、自分自身のためにも最も利口な方法だったのだが、誇り高いパリシーナ侯爵夫人には、耐えられないことだったのである。

しかも、夫の侯爵は、よく国を外にした。浮気のためでは決してなく、各国の君主との政治向きの用件のためであったが、会談が終れば、魅力的な女に、そのまま通り過ぎさせるようなことはなかったらしい。侯爵の艶聞《えんぶん》は、遠いフランス王の宮廷からも、侯爵の帰国よりも先に、フェラーラにとどく始末だった。

フェラーラで留守を守るパリシーナにとどいたのは、なにも艶聞だけだったわけではない。こうして国を外にできるのも、侯爵のこれまでの内政が善かった証拠だとか、各国の君主たちが、侯爵の才能を認めているからだとか、妻が聴いたら夫を誇りに思いそうな話も多かったのだが、夫人にはそんなことはたいしたこととは思えなかったのである。艶《なま》めかしい夫の行状の噂だけが、彼女の頭の中に残った。

　パリシーナ侯爵夫人の嫉妬《しっと》が、ほんとうに夫を愛していたからだと断言するには、多少の不安が残らないわけではない。

　四十歳を迎えようとしていた侯爵は、もともと肥《ふと》り気味で背も低いところに、近頃は一段と肉がついてきて、あごのあたりなど二重になるほどでっぷりとしているのに比べて、十代を終ろうという夫人のほうは、二人の子を産んだ身体とも思えないほど、すらりとしなやかな美しさを失わないでいた。いや、かえって子供を産んだ後は、結婚直後のかたい感じが脱けて、あでやかな色気さえただよわせ、会う男たちの視線を、一瞬まどわせるほどに女になっていた。

　女になっていくに従って、夫人は、二十歳も年上の美男でもない夫が、自分をないがしろにするわけではなくても、他の女たちに興味をいだき続ける理由がわからなかった。侮辱にさえ感じていた。

　フェラーラの領主の妻であることも、特別の玉の輿とも思わなかった。マラテスタ家の女の中には、大国ミラノの公爵ヴィスコンティに嫁いだ女もいたのである。

　こういうパリシーナにとって、夫に与えられる名声や評判の良さなど、その代りに自分が屈辱に耐えねばならないとしたら、迷うことなく捨て去ったであろう。彼女は、自分の思いどおりにならない成熟した夫に、いつしか憎悪《ぞうお》さえいだきはじめていた。

いつの頃から、パリシーナの眼が、義理の息子の姿をそれとなく追うようになったのか、彼女自身ですらはっきり言えない。

パリシーナより一つ年下のウーゴは、父よりも亡き母に似て、すらりとした若鹿のような身体から、十八歳の青春をあたりにまき散らしていた。性質のほうも、陽気で人づきあいの良い父とは反対に、陰気ではなかったが、静かで控えめなところが、かえって人々の好感を集めていた。弟のリオネッロは、肉体的特徴は兄と似ていたが、性格は、父親の冷静で底の知れないところを受け継いでいたし、一番下のボルソにいたっては、コロコロ肥った陽気な子で、こちらは完全に、父の侯爵ニコロと生きうつしだった。

ウーゴは、一つ年上の義母に対し、常に丁重な態度を崩したことはなく、控えめな敬愛の気持を、この若い父の妻に、それにふさわしい距離を保って示していた。パリシーナは、城の回廊の柱の間を見えがくれする、ウーゴの本を読んでいる姿を、友人たちと狩をして来たらしく、若々しい笑いをひびかせながら中庭に馬を乗り入れてくるウーゴを、手にした刺しゅうの針を思わず止めて眺めるようになっていた。必要以上に義母に近づこうとしないウーゴが、たまに同席したりすると、パリシーナの表情は、その十九歳の年齢にふさわしい快活さで輝いた。彼女は、してはいけない恋におかされたのだ。

ひばりが麦畑の空高く歌う五月、夫の侯爵は、ミラノの宮廷を訪れるため旅だって行った。侯爵夫人は、またも一人、広い城の中に残された。いつもするように、刺しゅうの台を手許《てもと》に引き寄せてみたが、針はいっこうに進まず、思いがほかにあるのを示すかのように、布の裏から刺した針で指を突き刺してしまった。良家の子女らしく子供の頃から刺しゅうに親しんできたパリシーナには、こんなことはかつて起ったことがないのだった。彼女は、しばらくの間、刺された指から血がにじみ出るのを眺めていた。そして、心を決めたように、刺しゅう台をわきへ押しやり、召使を呼んだ。

「ウーゴ伯爵様のところへ行って、いつか読まれていた、十字軍騎士の話とかいう本を貸してくださるよう、申しあげておくれ。ああ、そして、もしお暇であったら、伯爵自らお持ちくださるとうれしい、と」

承諾を伝える召使が、夫人にそれを伝えて部屋を立ち去ってまもなく、青年は、部厚い書物をかかえて、部屋の入口に立った。さしこむ春の陽ざしを背に、短い上着とタイツのウーゴの姿が、影絵のように浮びあがるのを、夫人は、まるで美しい古代の彫刻を見るように、一瞬目が放せないでいた。

ウーゴは、書物を置いただけですぐに立ち去ろうとした。パリシーナはあわてて、読まれたのだからその話をしてくれ、と言った。青年は、義母の言葉に従順に従った。パリシーナから少し離れた椅子《いす》に坐り、時々書物の頁《ページ》をくりながら、物語をはじめた。

彼女は、ほとんど上《うわ》の空で、聴いていた。そして、青年の亜麻色の髪が、時おり書物の上にパラリとふりかかるのを、狂おしいほどの愛《いと》しさで眺めていた。

夕闇《ゆうやみ》が迫りはじめ、召使が入ってきて、灯をともしてまた出て行った。青年は、ほとんど夫人の顔も見ずに、物語を続けた。パリシーナは、もう耐えられなかった。彼女の眼から涙があふれ出し、とめどなく頰を伝わって落ちた。

ひざの上に組まれた美しい手が涙にぬれているのに、ふとウーゴが気づいた。彼は、はじめて夫人の顔をじっと眺め、その顔が、悲しい美しさで今にも崩れそうなのを見た。パリシーナの口から、押し殺したような声がほとばしり出た。

「伯爵様、あなた様はなぜ、私に対していつもよそよそしくしていらっしゃるのでしょう。私を、継母《ままはは》と思って、憎んでいらっしゃるのですか。継母は、義理の息子に冷たいと世間では言います。でも、私にかぎって、そんな思いを、一度だってあなた様に持ったことはないのです。私は、かえって自分の息子たちよりも、あなた様を大切に思ってきました。いえ、私自身よりも、あなた様を愛してきたのです。

四年前、エステ家から結婚の話があった時、マラテスタ家の人々は、エステ家の後継ぎのウーゴ様に、私を欲しいというお話であろうと思ったものです。だって、私とあなた様との年齢を考えても、このほうがずっと自然なのですから。それが、私とは二十歳も違う御父上との話だと知った時から、私の不幸がはじまったのでした。あるお方を恋しながら、他の男と寝床を共にする苦しみをおわかりくださいますか。しかも、恋する方を、息子と呼ばねばならない情けなさを、どうにもできない私は、このまま一人で、これからも熱い思いに焼かれる日々を耐えていかねばならないとは」

青年は、黙って聴いていた。怒るでもなくたしなめるでもなく、ただ困惑したような表情で、眼だけは悲しそうに夫人を眺めながら。

パリシーナは、椅子をすべり降り、青年の前に崩れるようにひざをおった。両手が、青年の首に巻かれた。彼女はそのまま、ウーゴ様、私のウーゴ様、と、つぶやくのをやめなかった。夫人の涙が、はじめはまだウーゴのひざの上に置かれてあった書物をぬらし、次いで、青年の胸もとを、首すじをぬらした。

その時になってウーゴは、パリシーナの手をそっとほどき、立ちあがって、失礼を、義母上《ははうえ》様、失礼のお許しを、義母上様、と、低く叫ぶように言いながら、部屋の外へ走り出て行った。だが、パリシーナは、去って行ったウーゴの眼に、涙があふれそうになっていたのを見た。

その夜半過ぎ、パリシーナ侯爵夫人は、義理の息子の部屋の扉を押した。青年は、もうさからわなかった。

二年の間、二人の恋は、誰にも気づかれずに進んだ。夫の侯爵は、キラキラするような妻の美しさを、別に怪しみもしなかったし、夫人のほうも注意深くふるまっていたので、しじゅうそばにいる召使でさえも、何も知らなかった。ウーゴは、以前から控えめだったから、彼の行動が、人々の好奇の眼にさらされることはなかった。しかし、何よりも、侯爵ニコロの善政によって、宮廷内も領国中も平和な空気に慣れていたので、誰一人、義理の母と息子の間を疑うような気持さえ、起す者がいなかったのである。

悲劇は、突然にやってきた。ウーゴに仕えることになった従者が、新参者らしい注意深さで主人に仕えはじめたのだが、そのために、主人の行動に疑いをいだいたのだった。従者は、ある夜、主人の後を追い、主人が、侯爵夫人の私室に消えたのを見たのである。彼は、夫人の私室の真上にあたる、城の書庫になっている一室へ入った。そして、木の床に穴を見つけた。その穴からは、真下の夫人の部屋の様子が、なにもかも見えた。

従者は迷わなかった。侯爵の帰国を待ち、侯爵にすべてを告げた。だが、侯爵は、密告だけで信ずる男ではない。従者は、では証拠をお見せしましょうと言い、ウーゴが夫人の部屋へ入るのを見とどけてすぐ、侯爵を書庫の室へ案内した。侯爵は、床の穴から下を見た。下の部屋では、侯爵の帰国中のことゆえ、ひとときの抱擁に愛をたしかめることしかできない恋人二人の、言葉を惜しんで無言の抱擁に動かない姿が見えた。

翌朝、朝の身仕度を終えたパリシーナの許《もと》に、宮廷の秘書官長があらわれ、捕えるとの侯爵の命令を伝えた。同時に、城の前の広場にいたウーゴのそばにも、近衛兵《このえへい》が近づき、たちまち両側から彼を押えこんだ。その日は祭日だったので、領民はすべて仕事を休み、広場で開かれていた球遊びを見物していたのだが、突然の、しかも彼らが好感をもっていた領主の息子に起った出来事に、誰もがぼう然と成行きを見守るばかりだった。恋人二人は、城内の別々の塔の牢《ろう》に閉じこめられた。牢屋の柵《さく》を張った小さな窓ごしに、ひばりのさえずりが高く舞うように聴えた。五月も中旬に入っていたのだ。

青年は、近衛兵に腕を押えられた時に、すべてを悟っていた。彼は弁解もしなかった。ただ、父に会いたいと頼んだ。侯爵が牢内に姿をあらわした時、息子はその前にひざまずき、涙を流しながら、父に許しを乞《こ》うた。命乞いもしなかった。自分の犯した罪の深さは、当然死に値すると思っていたからだった。

パリシーナは、ウーゴほど素直には罪を認めなかった。まずはじめは、まったくのぬれぎぬだ、と言い張った。そして、夫に会わせろと叫んだ。だが、侯爵は、息子には会ったのに妻の願いは無視し、従者の供述を記した文書を送りつけてきただけだった。それを読んだ夫人は、夫が何もかも知っていると認めるしかなかった。彼女は、秘書官長に向い、自分が誘惑したのだ、自分だけが悪いのだ、若いウーゴには何の罪もないのだ、と、侯爵が納得するよう努めてくれ、と願った。しかし、秘書官長は感情をあらわさない態度のまま、御二人とも死刑と決りました、と言った。パリシーナの怒りが爆発した。彼女は、姦通《かんつう》した妻がどのような罰を受けるかは覚悟してもいたが、最愛の人も同じ運命とは、どうしてもうなずけなかったのだ。怒り狂った侯爵夫人は、傷を負ったけもののようになった。死の準備のためにと送られてきた二人の僧も、手がつけられないまま牢の外で待つしかなかった。夫人は、神に許しを乞う気もなく、地獄へ落ちようとかまわないと言い、ざんげも終油の秘蹟《ひせき》も拒絶して、僧を近づけさせなかったのだ。ただ、ウーゴ伯爵に会わせてくれ、とそれだけを叫びつづけた。

青年のほうは、静かに二人の僧を迎えた。そして、僧たちのすすめに従い、ざんげも済ませ、死を待つ人の準備をすべて終えた。ただ一度、僧が、奥方様はざんげも拒まれました、と告げた時、悲しそうな微笑をもらしながら、あの方のためにも祈ってあげてくれ、と言っただけだった。

三日目の夜、二人の恋人は、それぞれの牢内で首を斬《き》られた。ウーゴは無言のまま、パリシーナは恋人の名を呼びながら。

死体は洗われ、侯爵夫人と伯爵の礼装を着けられ、城の中庭に並べて置かれた。血が流れ出たあとの二人の顔は、おりからの月の光を浴びて、大理石の墓の彫刻のように蒼白《あおじろ》く、死への恐怖を、見守る人々の胸の中によみがえらせた。二人の首には、斬った跡をかくすように、白絹が厚く巻かれていた。パリシーナの首に巻かれた白絹だけが、じんわりと血をにじませているのを、人々は不思議な思いで眺めていた。

ドン・ジュリオの悲劇

パリシーナ侯爵《こうしゃく》夫人が、処刑の前の三日間を狂乱のうちに過した宮殿の塔は、それからほぼ百年が過ぎた十六世紀のはじめ、再び、領民たちを恐怖におののかせた、恋と御家騒動の舞台となった。

パリシーナの夫だったニコロから、リオネッロ、ボルソ、エルコレと名君の続いたエステ家は、侯爵から公爵に昇格し、この事件の起った一五〇五年には、エルコレの第一子アルフォンソが、二十九歳の身で、フェラーラ公国の領主になっていた。

当時のイタリアは、肉親といえども安心のできない、戦国の世の中である。ローマ法王庁、ヴェネツィア共和国、フィレンツェ共和国、ミラノ公国、ナポリ王国と、強国だけでも五つを数え、中小国を加えれば十五にもなるほどに分裂していた。しかし、この時代にこそ、ルネサンス文化は、香り高く色あざやかな大輪の花を咲かせるのである。

この中で、フェラーラは、五大国に続く、いわば中小国群の筆頭の地位にあった。それだけになお、国の独立を守り続けるのは、並たいていのことではない。国境を接するヴェネツィアは、フェラーラを手中にしようと常に狙《ねら》っていたし、ローマ法王も、名目的には法王庁領土であるフェラーラに、なにか事件が起れば、それを機会に没収しようと言いだす危険は十分にあった。困難な環境では、人の能力は最大限に発揮される。エステ家の兄弟からは、イタリアの歴史に名を残す、傑出した人物が三人も出た。

長女のイザベッラは、隣国マントヴァへ嫁いでいた。彼女こそ、女ばなれした政治家としても、学問芸術の保護者としても、ルネサンス史上、最高の女性とされるほどになるのだが、弟たちにとっては、常に信頼のおける相談相手だった。事件の年には、三十一歳になっている。

次女のベアトリーチェは、ミラノ公爵に嫁いだが、まだ若いうちに死んだ。

長男は、新公爵となったアルフォンソである。彼は、当時の一般の君主たちとは違って、宮廷の華やかな行事などにはまったく関心がなく、暇さえあれば、一人か二人の友人とともに、行方も告げない放浪の旅に出たり、優雅な騎士には目もくれず、これからの戦争の主役は大砲だと、まるで職工のように、一日中旋盤の前から離れないでいる、というふうな男だった。

まだ公爵にならない前の彼に、こんなエピソードがある。二十一歳の夏のことだ。当時の年代記をそのまま訳すと、次のようになる。

「正午、フェラーラの中央広場にいた人々は、広場を横切ってくる真裸の、背に剣をおっただけの青年の姿に度胆《どぎも》をぬかれた。それがこの国の領主の後継ぎのアルフォンソだったので、広場中は、まるで蜂《はち》の巣をつついたような騒ぎになった。彼は、その中を平然と歩き続けた。彼の後には、何人かの彼の友人がわいわいと従っていた」

アルフォンソは、友人たちと賭《かけ》をしたのである。彼は勝った。しかし、これを知った父のエルコレ公は怒り狂った。何たる軽率と。父がひどく怒っていると聞いたアルフォンソは、城へ帰らず、その足でマントヴァの姉のところへ逃げてしまった。そして、父の怒りがおさまるまで、姉の許《もと》で悠々と居候《いそうろう》をしていた。

こんなふうに、養育係の家臣を死ぬほど絶望させてばかりいたアルフォンソだが、フェラーラ公国の当主という責任ある地位についてからは、若い頃の大胆な精神と形式にとらわれない自由な行動に加えて、冷静に現実を見つめる政治家の才能を示し、マキアヴェッリからも、イタリアの君主のうちでも名君中の名君の一人と賞《ほ》められるようになる。

二十九歳のこのアルフォンソに一歳おいて、次男のフェランテが続く。当時の君侯の家のならいでは、長男は後継ぎ、弟たちは僧職か軍務と決っていたから、末の弟のイッポーリトが子供の頃から僧籍に入っている現状では、彼の役目は軍人になることだった。しかし、フェランテは軍務が嫌いだった。戦場で駆けまわるよりも、宮廷で、舞踏会や夜会のさんざめきの中にいるほうを好んだ。他人の下で苦労するよりも、部屋住みの楽な身分を選んだのだ。戦国の世の中では、こういう男は、人々から軽く見られる。

また一つ違いで、三男のジュリオが続く。ジュリオだけは、他の兄弟たちとは違って、妾腹《しょうふく》の子だったが、父の先公爵エルコレは、嫡子《ちゃくし》たちとまったく分けへだてなく育てた。

事件の年には二十七歳になっていたジュリオの美男ぶりは有名で、エステ家の美男、と言えば、名を付けなくても、ジュリオと決っていた。彼もまた兄のフェランテと同じく、苦労を嫌い、最もたやすく年収を得られる道と、僧職につくのを欲していたが、ローマの法王にまで、ドン・ジュリオは金が欲しいだけだ、と見抜かれてしまっては、下積みからのしあがっていくだけの意志力もない彼にとっては、新公爵になった長兄から年金を与えられる、部屋住みの身分で我慢するしかなかった。彼もまた、舞踏会の花形でいられれば満足するたちの男だった。

これまた一歳違いで、末弟のイッポーリトが続く。子供の頃からすでに、彼の頭脳の鋭さは父親の認めるところで、聖職界での出世街道を進む器量の持主と期待されていた。二十六歳の若さながら、カトリック教界では法王に続く重要な地位である枢機卿《すうきけい》の中でも、才能の豊かな一人、と多くの人々から認められていた。

それだけになお、イッポーリトには、坊主くさいところは少しもなかった。宗教心よりも、学問芸術を好む気持が強く、冷酷なほどの政治的才能を持ち、また、兄のフェランテが捨てて省みない軍務まで引き受けて、後には戦争まで指揮したほどだ。だが、イタリア・ルネサンスでは、こういう型の聖職者は珍しくもない。戦乱の世の中では、身分や地位などには関係なく、才能の優れた男たちには、その気になりさえすれば、活躍の場はどこにでもあった。

領民たちも、どういう男が信頼できるかをよく知っていた。内心では怖《おそ》れながらも、アルフォンソやイッポーリトを、彼らは信頼していた。

この複雑なエステ家に、三年前の一五〇二年、ローマから、ルクレツィア・ボルジアが、アルフォンソに嫁いで来ていた。このルクレツィアの女官の一人として従《つ》いてきたのが、若く美しいアンジェラである。ルクレツィアと、そのいとこにあたるアンジェラを中心とする貴婦人たちは、国際都市ローマの華麗で優雅な雰囲気を、ローマと比べればやはり地方都市でしかない霧の深いフェラーラに、持ちこんだのだった。それに夢中になったのが、フェランテとジュリオの二人だった。ルクレツィアもアンジェラも、大砲に熱中するアルフォンソや知的なイッポーリトよりは、社交的で女好きのするフェランテやジュリオのほうに、気安い親しみを感じていた。

フェラーラの宮廷は、この都会的な女二人を迎えて、一段と華やかに変ったようだった。その頃、誰が、これらの人々をめぐって、数年後に血なまぐさい事件が起きようなどと、想像できたことであろう。

悲劇は、美しいアンジェラに、ジュリオとイッポーリトの、エステ家の兄弟二人ともが恋してしまったことからはじまった。

二十歳を過ぎたばかりのアンジェラは、優雅で華やかで気品もあったが、思慮深い性質ではなかった。社交的で舞踏の名手で美男のジュリオも、教養ある完璧《かんぺき》な宮廷人の枢機卿イッポーリトも、両方を適当にあしらって楽しんでいた。

兄弟たちの父親エルコレの在世中は、それでも事なくすんだ。しかし、彼らの兄アルフォンソが公爵になった一五〇五年、事情は変った。若くして公爵になったアルフォンソには、何事もなくてさえも、老巧な君主であった父の後を継いだということだけで、他国との関係を良く保つうえで、普通以上の努力をしなければならないむずかしい年であったが、それに加えて、数年ぶりの不作にみまわれ、さらに、ペストまで流行する始末。新領主は、宮廷もそっちのけにして、他国からの小麦粉の買いつけから難民への配給、病院への援助などで、眠る暇もなかった。この長兄を助けたのが、イッポーリトだった。二人の兄と弟は、困難におちいっているフェラーラ公国を立ち直らせようと、日夜仕事にあけくれていた。

一方、もう二人の兄と弟、フェランテとジュリオは、長兄と末弟が苦労しているのをよそ目に、これもまたペストを避けて郊外の別邸に移っていたルクレツィアやアンジェラらの宮廷の女たちのそばに、彼女たちの保護役という名目で、つきっきりの毎日を送っていた。別邸は、地獄のようなフェラーラの町中からみれば、まったく別世界のようだった。そこでは、飢饉《ききん》もペストも知らぬげに、楽しい音楽の集いがもたれたりしていた。

当然、ライバル同士だったジュリオとイッポーリトの立場は、ずっとジュリオに有利になる。真剣に恋をしていたわけでもないアンジェラだから、いつもそばにいる美男のジュリオに心がかたむいたとて不思議はなかった。それに、宮廷の女たちの誰もが熱をあげるジュリオを自分のものにしたいという、女らしい専有欲にもかられていた。

その頃、ジュリオ自身、こんな手紙を友人に送っている。

「すべての女はわたしに好意を持つようだ。誰もがわたしと踊りたがる。ルクレツィア公爵夫人さえも、舞踏会の最後の踊りの相手にわたしを選ぶほどで、これも、わたしの美男ぶりのためだろう」

秋も深まる頃、飢饉やペストの騒ぎもようやく下火になったその頃、エステ家の三男ドン・ジュリオとアンジェラの仲を噂《うわさ》しない者は、フェラーラの宮廷では一人もいなかった。勝負は、誰の目にも明らかだった。それだけでも十分であったのに、軽はずみなアンジェラが、こう公言したことがまたも人々の口にのぼった。

「イッポーリト枢機卿のすべてよりも、ドン・ジュリオの眼を選ぶ」と。

誇り高いイッポーリトの胸を、この言葉は鋭い剣のように突き刺したにちがいない。肉親の間に芽生える敵意は、かえってそのためにこそ深く残るものだ。

十一月三日のその日、夕暮のせまる頃、イッポーリトは、兄を助けて駆けまわっていた長い間のぶさたをわびるためもあって、別邸に、久々に義姉ルクレツィアを訪問しての帰途、数人の供を従えて馬を走らせていた。大河ポーの近くにあるフェラーラは、秋から冬の間中ずっと、数メートル先もさだかでない深い霧が立ちこめる。その日は陽があったので、霧はそれほどわずらわしくはなかったけれど、夕刻近い頃でもあり、厳しさを増す寒さとともに、あたりは陰気な景色が広がるだけだった。

別邸から数キロを来た頃、フェラーラの町の方角から、ジュリオが一人、馬で来るのが見えた。ジュリオが今からどこに向おうとしているかは、あらためて聞くまでもないことだった。ドン・ジュリオは、イッポーリトの姿をみとめるや、陽気なあいさつを弟に送り、そのまままれちがおうとした。

冷静なはずのイッポーリトも、若いだけに一瞬、平静を失った。アンジェラが早々に自分を送り出したのは、ジュリオを迎えるためだったのか、しかも、自分には午後のわずかの時間をさいただけなのに、ジュリオとは、長い心地良い秋の夜を過すつもりだったのか。

イッポーリトの口から、残酷な命令がほとばしり出た。

「眼をえぐれ、両眼ともえぐり取れ！」

通り過ぎようとしていたジュリオの行手に、イッポーリトの家臣たちが立ちふさがった。逃げる間もなかった。たちまちジュリオは馬から引きずりおろされ、四方から押えつけられ、馬上で身動きもしないイッポーリトが見守る前で、その眼に剣が突き刺された。

両眼とも血の海になったのを見て、これで十分と思ったのか、イッポーリトは、家臣ともども駆け去った。苦痛にうめくジュリオ一人が、道の上にのたうちまわっているのを残して。

まもなく、付近の百姓が、血だらけのジュリオを見つけ、別邸に急報した。別邸にかつぎこまれた変り果てたジュリオの姿を見て、アンジェラだけでなく、公爵夫人のルクレツィアも気絶しそうに驚いた。急ぎ、フェラーラの居城の公爵アルフォンソに、事が知らされる。公爵からは、フェラーラの高名な外科医が直ちに送られてきた。妻のルクレツィアに対してもドン・ジュリオの視力を守るためには出来るだけのことをするように、と命じてきた。彼自身は、戦争をはじめそうなローマ法王の動きに注意する必要から、領主の仕事から離れるわけにはいかなかったのである。

手当が早かったからか、それとも外科医の技術が優れていたためか、ドン・ジュリオは視力を失わないですんだ。それにしても、右眼のまぶたは形もないように醜くつぶれ、左眼も、鼻の近くまでひどくはれあがっていた。

ジュリオは、誰とも会おうとはしなかった。医者と召使以外には、看病したいというアンジエラさえも近づかせなかった。終日、暗い部屋の中で、眼帯をかけたまま、病床にふせっていた。

その頃、フェラーラの城では、公爵アルフォンソもまた、弟のジュリオとは違った意味で、心痛の日々を送っていた。イッポーリトの罪は明らかだった。エステ家がフェラーラの領主でなければ、兄弟間の争いとして、イッポーリトを罰すればそれで事はすむ。しかし、そうは簡単にいかない理由が多かった。

まず、イッポーリトは、枢機卿として、ローマ法王の家臣の地位にあり、彼を裁くことができるのは、法王だけということになっている。それを、いかに実の弟だからといって、フェラーラ一国の領主にすぎないアルフォンソが、勝手に罰するわけにはいかない。

まして、フェラーラは、百年以上も実質的には独立国であったが、名目上は、ローマ法王庁領土の一部でしかなく、アルフォンソの正式の立場は、法王から統治権を預かっている法王代官なのだ。法王の家臣である代官が、教会の組織内では上位にある枢機卿を裁いたりしたら、法王を怒らせるだけである。

それに、時期が悪かった。当時のローマ法王は、戦争好きで知られたジュリオ二世だった。法王庁領土を直接に支配したいと、各地の代官たちを征《せ》める戦いを起していた時だ。フェラーラが今のところ安全なのは、当主であるエステ家の善政が知れわたっているから手がつけられないだけの話であって、エステ家内に少しでもひび割れがしそうなら、そこにつけ入り、どんな無理な要求を押しつけてくるかもしれないのである。アルフォンソが、肉親の情にだけかまっていられないのも当然だった。

かといって、フェラーラの郊外で起った惨劇を隠しとおすことはできない。公爵アルフォンソは、イタリア各国とヨーロッパの全宮廷に向けて、説明の文書を送らねばならなかった。それには、イッポーリト枢機卿の家臣たちが、人違いをして、ジュリオを傷つけてしまった、と書かれてあった。

受け取った君侯たちは、ローマ法王をはじめとして、誰一人信じようとはしなかったけれど、公式の釈明は公式の釈明である。証拠をつかむことができなければ、疑いを持ったとしても、信じたようなふりをするしかない。アルフォンソは、証拠を残さないようにと、事件の直接の関係者には、医者から召使まで、厳重な口止めを命じた。

ところが、いかに後の名君でも、彼はまだ若かった。若くして困難な立場に立たされた彼は、つい二人にだけ、心を許してしまったのである。何事も相談してきた姉のイザベッラと、彼女の夫のマントヴァ侯爵フランチェスコ・ゴンザーガにも、他の君主に送ったのと同じ説明文書を送ったまではよかったのだが、追伸として、事の真相を書いてしまったのだった。読後直ちに焼き捨ててくれ、と頼んだこの追伸が焼かれなかったのはいうまでもない。いかに親戚《しんせき》の間でも、マントヴァはフェラーラの隣国で、肉親さえも信じきれない戦国時代では、いつか何かに使えるかもしれない貴重なこういう文書を、依頼どおり焼き捨てるほど、マントヴァ侯爵は馬鹿ではない。夫を、そして自分の生きた時代を良く知っていた侯爵夫人のイザベッラは、弟の軽薄なやり方に腹をたて、

「町の床屋とて、政談をする時は話してよいことと悪いことの区別をするものだ」

と、返事に書いた。

しかし、四百年以上も後世に生きるわれわれが、その翌年に起る、アルフォンソ暗殺の陰謀が、どのような発端からはじまったかを確実に知ることができるのは、まったく、マントヴァの古文書庫に今も残る、公爵アルフォンソの〝追伸〟のおかげなのである。

キリスト聖誕祭も近づこうとするある夜、アルフォンソは、フェラーラの城の一室に、事件の当事者の弟二人を招《よ》んだ。夜を選んだのは、白日のもとにジュリオの傷ついた顔をさらさせたくないとの配慮からだったが、かえってそれは、反対の結果を生んでしまった。

部屋のすみに置かれた二つの灯が、ほの暗い光を投げかける中に、三人の兄弟は坐った。ジュリオは、白い絹の眼帯で、ななめに右眼を隠していた。左眼は、眼の近くに傷あとが二カ所見えるのを除けば、いつものジュリオの美しい眼だった。

まず、アルフォンソが口を切った。むずかしい時代を乗りきるには、何よりも兄弟間の結束

が大切であると。そして、二人に、仲直りをしてほしいと、公爵としてよりも兄として頼む、と説いた。イッポーリトは、低い口調で、許してくれ、とジュリオに言った。しかし、黙って聴いていたジュリオは、口では許しを乞《こ》うイッポーリトの眼に、ちらりと冷たい光が走ったのを見逃さなかった。彼は、眼帯をかなぐり捨てた。

その時はじめて、アルフォンソもイッポーリトも、ジュリオの変りようを見たのだ。右眼は、まぶたがなかった。肉のかたまりの中に、わずかに青い眼の光が彼らを見すえて動かない。思わず二人とも、ぎょっとした表情を隠すことができなかった。ジュリオの醜い顔は、灯の淡い光を横から受けて、なおのこと不気味さを増し、青い眼の光は、深いうらみでチロチロ燃える彼の胸の思いを、無言のうちに示しているかのようだった。

重苦しい数刻が流れた後、はじめてジュリオが声をだした。

「兄上は、イッポーリトの罪は不問になさるおつもりか」

アルフォンソは、苦しそうな顔をした。たとえ三男であっても、エステ家の一員ならば、フェラーラの立場の困難さを、その現状で枢機卿を罰することの不利を、わかってくれてもよいではないか、と言いたかったが、それは口にしなかった。彼には、ジュリオに同情する気持は十分にあったけれど、飢饉やペスト対策に専心していた頃の自分を助けてくれたのは、弟たちの中ではイッポーリトだけであったことも忘れてはいなかった。安心して政事をまかすこともできる、この末弟の才能を、舞踏会だけが好きなジュリオと引き換えにする気にはなれなかったのだ。アルフォンソは、ただ一言、許してやってくれ、と言っただけだった。

立ちあがったジュリオとイッポーリトは、アルフォンソの前で、すべてを忘れ、これからは互いに協力して兄公爵を助ける、と誓い、仲直りの成立した証《あかし》に、二人は抱擁しあった。

だが、これで難事も解決したと思いこんだのは、アルフォンソ一人だけだった。それまではイッポーリトに向けられていたドン・ジュリオのうらみは、あの夜以来、アルフォンソに対しても燃えはじめたのだ。そんな彼にとって、恋人アンジェラの同情など、ただわずらわしいだけだった。

人は、自分自身で最も誇りに思っていることを傷つけられると、悪魔に身を売ることさえ平気でやるものである。妻を殺されて復讐《ふくしゅう》の鬼と化す男もいれば、地位を失ったうらみを一生忘れない者もいる。ジュリオにとってのそれは、美男であることだった。美男でなくなっては、いかに恋の勝利者になれても、彼には意味はない。

そして、そんな思いのジュリオから、イッポーリトは、冷たい観察の眼を離さなかった。これで何ごとも起らないとしたら、そのほうが不思議だった。

年がかわり、一五〇六年になった。一月六日のエピファニアの祭りがすめば、いよいよ謝肉祭のシーズンに入る。その年の謝肉祭は、公爵の特別な命によって、例年よりもずっとにぎやかに行われることになっていた。アルフォンソにとっては、公爵になっての最初の年が、飢饉やペストに悩まされながらもどうにか無事にすんだことを、領民ともども祝いたい気持があったからである。だが、これだけではなかった。内心では、肉体的にも精神的にも深く傷ついている弟のジュリオの気分を、彼の好きな舞踏会を毎夜のように開くことによって、いくらかでも晴らせてやることができたら、と願っていたのである。変り果てた容貌《ようぼう》のジュリオを思ってであろう、舞踏会には、列席者全員が仮面を着けるようにとの、布告もなされた。

最初の仮面舞踏会の行われる日は、雪もちらつく厳しい寒さに、大河ポーも凍りついたほどだった。その中を、夕刻前から、招待された各地の豪族や公爵の家臣たちが、いずれも着飾った夫人や娘を連れて、フェラーラの城に続々と到着する。それを見物しようと、こちらは着ぶくれした領民たちが、城門の前に群れをなして集まっていた。彼らは、朝方から、公爵自ら先頭に立って配った肉やブドウ酒をもらって、身体中がほかほかしているので満足しきっていて、貴人たちの豪華な衣装を見ても、不満に思う者などいない。眼前を通り過ぎる華麗なショーを、ワイワイ批評しながら楽しんでいる。

招待客は、広間に入る前に、仮面を着けるよう指示を受ける。眼の部分だけ隠した、白や黒やあるいは色彩豊かな、ヴェネツィア風の仮面を着けた者もいたし、一方、フェラーラ領内のモデナの特産である、真に迫った表情を写した、遠くから見れば仮面とは思えないほどの、顔全体を隠す仮面を着けた者もいる。眼のところだけ、小さな穴があいているだけなのだ。この型の仮面を着けるのは、年配者に多かった。若者たちは、男も女も、顔の線のあらわに出る、ヴェネツィア風の仮面を着けていた。

アンジェラの、あいかわらずあでやかで色っぽいしなやかな姿が、列席の男たちの眼を集めている。イッポーリトは、今日は聖職者の衣を捨て、空色の俗服を見事に着こなしている。彼の貴族的な優雅な立居振舞は、緋色《ひいろ》の枢機卿衣を着ても良く似合うのだが、俗服を着ると、あらためて二十六歳の若さを感じさせるのだった。

人々の顔がそろい、あとは公爵夫妻の入場を待つだけという時になって、ようやくジュリオが姿をあらわした。列席者の間から、声にならないつぶやきが起り、広間を波のように満たして消える。その数秒の間、ジュリオは、身動きもしないで立ちつくしていた。ヴェネツィア風の仮面を着けたジュリオの表情は見えない。だが、いつもながらの若々しく伸びた肉体、肩に波打つ金髪の巻毛、繊細にととのった顔の線は、あくまでもドン・ジュリオのものだったが、何かが変っていた。以前ならば、早々に入場して、婦人たちの間を愛敬をふりまきながら華やかに立ち動くのが彼だった。それが、まるで別人のように、柱を背にして立ったままでいる。

だが、この残酷な好奇心に満ちた沈黙も、まもなく破られた。楽手たちが、エステ家の紋章をぬい取りした旗で飾ったラッパを高々と鳴らして、公爵夫妻の入場を告げた。人々は、主君のあいさつを受けようと、広間の左右に分れて列をつくる。その間をアルフォンソは、いかにも彼らしく、あっさりと通り過ぎただけであいさつを終えると、さっそく音楽を命じた。

甘いバラードが、広間いっぱいに流れる。フェラーラの音楽隊は、当時では、ヨーロッパでも最高の技術水準を誇っていた。なにしろ、音楽狂いだった先公爵エルコレが、各地から高名な音楽家を招くだけでは満足せず、自ら音楽学校を創立したほどで、他国からの留学生まで珍しくなかった時代だ。妙《たえ》なる楽の音に、人々は、しばらくは踊るのも忘れて聴きほれていた。

だが、主人役の公爵が踊りをはじめなければ、他の人は踊れない。アルフォンソは、妻のルクレツィアの腕を取り、広間の中央にすべり出た。無骨者と評判の彼も、舞踏はけっして下手ではない。ヴァイオリンを上手に弾くので、音楽に乗るのはお手のものだ。それに、がっちりと上背もあるので、すらりとしたルクレツィアと組むと、似合いのカップルだった。

いつもなら、ここで、待ちきれないようにジュリオが、アンジェラの手を取って踊り出すのだが、その日は違っていた。彼は、動こうとしない。ほんの少しの気まずい空気が流れた後、次男のフェランテが、カルピの伯爵夫人と組んで踊りに加わった。すぐ続いて、イッポーリトも、ルクレツィアの女官の一人の腕を取る。だが、ジュリオは立ったままだ。しかし、謝肉祭の楽しい気分は、人々の心から、ジュリオを気づかう気持を押し流した。全員が踊りに加わる。広間中は、まるで色とりどりのリボンをぶちまけたような、色彩の渦に変った。老人たちを除いて、その華やかな渦の外にいるのは、あいかわらず立ったままのジュリオと、さすがに誰もが遠慮して申し込まなかったために取り残されたアンジェラだけだった。アンジェラは広間の反対側に立つジュリオの心中を察するよりも、生れてはじめて誰からもさそわれなかったことにひどく腹を立て、イライラした表情を隠そうともしなかった。

ゆるやかなバラードが終ると、次は、打ってかわってリズミカルなモレッカに変る。一名、戦闘の踊りといわれる激しいものだ。踊り手たちは、手首に鈴のついたリボンを結び、それを活発に動かしながら踊る。モレッカ！　という声がかかると、人々の間からわっと歓声があがった。侍従たちがその間を足早にぬって、鈴をくばる。

アルフォンソは、侍従の捧《ささ》げる盆から、むぞうさに鈴の束を手づかみにすると、妻の手を取って、柱を背にして立ったままのジュリオのそばに行き、鈴と妻の両方を押しつけ、自分は広間を横切って、アンジェラを踊りに連れ出した。こうまでされては、ジュリオも踊らないわけにはいかない。兄嫁の手を取った彼は、もう出来はじめていた踊りの輪に加わった。

さすがに見事だった。ジュリオの若さが、激しいモレッカの動きをとおして、ほとばしり出るようだった。アルフォンソの相手をつとめるアンジェラも、先ほどの腹立たしさも忘れたように、頰を紅潮させて踊っている。謝肉祭気分は高まるいっぽうだった。

別室で供された豊富な夕食が終ると、再びはじまる舞踏のために、人々は広間へ移動しはじめた。その群れの中から、公爵アルフォンソが姿を消した。これはいつものことで、人々は気づいたとて、もう誰も何もいわないほどだ。アルフォンソは、踊りは下手などころか上手《うま》いほうだが、ただ、一晩中踊っていてもあきない妻のルクレツィアや弟のジュリオやフェランテと違って、夢中になれないだけだった。領主としての義務さえ済ませてしまえば、あとは自室へもどり、大砲の設計図でも眺めているほうが好きなのだ。

しかし、その夜は、アルフォンソのほかにもう一人、姿を消した者がいた。ジュリオだった。自室へもどった彼は、あの事件以来はずしてしまった鏡を壁にかけ、それに仮面の顔をうつしてしばらく見入っていたが、そのままでいきなり仮面をはぎ取った。捨てたくても捨てられない顔がそこにあった。ジュリオは、乱暴に灯を吹き消した。暗闇《くらやみ》の中で寝台に横たわった彼の眼は、長い間開かれたままだった。

五日置いて、再び舞踏会が開かれた。その夜は、数曲の踊りの後に、燭台《しょくだい》の踊り、というのがあった。男の踊り手がろうそくの灯のゆらめく銀の燭台を持って、目指す相手に近づき、踊りを申し込む。誰でも勝手に選んでよいわけではない。ある女を選べば、その人に対して普通以上の気持を持っていると、他人の前で宣言するのと同じ意味を持つ踊りだった。

いつもなら、女たちは皆、公爵夫人のルクレツィアさえもが、美男のジュリオからこのロマンティックな踊りの相手に選んでもらおうと、訴えるようなキラキラ輝く眼をいっせいに彼に向けるのだったが、そしてジュリオのほうも、品さだめでもするかのように、大胆な視線で広間中をひとわたり眺め、女たちをじらすかのようにゆっくりとした歩調で、その夜一番の美女の前に立つのが、人々の見慣れた光景だった。

しかし、その夜は違っていた。どの貴婦人も、ちらと一瞬は彼を眺めはしたが、ジュリオと視線が合うのを避けるかのように、すぐに眼をそらしてしまった。そして、ジュリオの燭台も、そばの小机の上に置かれたままだった。アルフォンソが、妻の手を取った。他の人々も、もうジュリオに気がねすることもないと思ったのか次々と目指す女の前に立つ。イッポーリトも、アンジェラに近づいていた。舞踏がはじまった。広間の灯すべてが消えた中で、男の踊り手たちの捧げ持つ燭台の灯が、踊りの動きにつれて、またたきながらゆっくりと流れるのが美しかった。次の舞踏会に、ジュリオの姿ははじめからなかった。

謝肉祭のにぎわいが続くのに、ジュリオはもう自室から出ようとしなかった。城の前の広場で開かれる民衆の遊びにも、窓を開けようとさえしなかった。そんな彼を、すぐ上の兄のフェランテが、夜会を抜けてはしばしば訪れた。だが、フェランテの話すことは、ジュリオの気を乱すだけだった。イッポーリトが、例の優雅なしぐさで、舞踏会の花形になっていること。夜会の列席者たちも、ジュリオが顔を見せないのをよいことに、誰も仮面を着けなくなったこと。

しばらくして、フェラーラ領内の豪族ボスケッティと、その婿《むこ》で公国の石弓隊の隊長のロベルティの二人が、ジュリオの部屋を訪れるようになった。夜会のにぎわいが長い廊下を伝わってわずかに聞えてくるジュリオの部屋で、この二人とジュリオとフェランテの四人が、声をひそめて何事か話し合う度合いが急に増えた。

ボスケッティとロベルティは、公爵アルフォンソの決断に満ちたやり方に不安をいだいていた。彼らのような小豪族にとって、上にいただく領主に能力があればあるほど、自分たちの独立を犯されるのではないかと心配しだしたのだ。彼らは、フェランテのような、自分たちの思いどおりになりそうな男を領主にしたほうが安心していられる、と考えたのである。

フェランテにも、不満がないわけではなかった。兄のアルフォンソが、次男の自分をさし置いて、ことごとに末弟のイッポーリトを頼りにするのを見ては、何か彼らの間に秘密の同盟でもあるかのようで、除外された部屋住みの自分の状態を、痛感させられていたからである。アルフォンソとイッポーリトの堅い結びつきに反発してか、同じく除外された形のジュリオの不幸に、一緒になって憤慨していた。

そして、ジュリオの憎悪《ぞうお》については、説明するまでもないだろう。この四人の間で、公爵アルフォンソとイッポーリト枢機卿殺害の陰謀が合意に達するのは簡単なことだった。

陰謀は、共謀者の数をなるべく少数にしぼり、決断を下した後は時を置かずに実行してこそ成功するものである。共謀者の数を増やしたり、実行の時を延ばせば延ばすほど、秘密のもれる可能性も増すことになるからだ。ジュリオたちには、その両方ともが欠けていた。

まず四人の間で、剣で殺すか毒薬を使うかで議論がまとまらなかった。そのうえ、公爵を先にするか枢機卿をまず殺すかでも、意見は一致しなかった。ようやく、毒殺するとだけは決った。アルフォンソもイッポーリトも剣の達人で、彼らと一対一で勝負して勝つ自信は、四人の誰にもなかったからである。しかしこれも、人を使って毒薬を探させたのがなかなかうまくいかず、またもとの剣にもどるしかない有様。暗闇で不意打ちにすることになったが、今度は誰が手を下すかで、話がまとまらなかった。何日も空費した後、ロベルティがやっと引き受けてこれも決った。

こんな状態を続けているうちに、暗殺を予定していた謝肉祭の期間もあと数日を残すだけになってしまった。陰謀者たちはあせった。謝肉祭が終れば、公爵は例年の習慣で旅に出てしまう。旅先で彼を殺すのは、フェラーラ領内でよりも簡単だが、石弓隊長としての任務を持つロベルティが、フェラーラから姿を消したりしたらまずあやしまれる。職業殺人屋を傭《やと》うしかない。しかし、秘密を守る有能なキラーなど、おいそれと見つかるものではなかった。

彼らのあせりは、無意識に彼らの行動ににじみ出た。それを、あれ以来監視の眼を離さなかったイッポーリトに感づかれてしまった。だが、確実な証拠があるわけではない。イッポーリトは、兄の公爵にも告げず、ただ、信頼できる召使の一人に命じて、四六時中、ジュリオの身辺を見張らせた。四人の陰謀者は、それに少しも気づいていない。

謝肉祭が終った。だが、例の四人に、動き出す気配は見えない。復活祭が近づく四月はじめ、アルフォンソは例によって行き先も決めない旅に出た。フェラーラ領内は公爵らしく供ぞろいを従えて行くが、領外に出たとたんにそれらの人々は帰してしまい、二、三人の気心の知れた者だけを連れての旅になる。

五月に入り、六月も終ろうとする頃、兄から国政をまかされて留守を守っていたイッポーリトは、はじめて確実な証拠をにぎった。四人の陰謀者の命を受けて毒薬や殺人屋探しに動いていた、従者のジョヴァンニの行動をつきとめたのだ。急ぎ、南イタリアのバーリに滞在中のアルフォンソに急使が走った。アルフォンソも、旅を中止して、ひそかにフェラーラに向う。国境では、イッポーリトが待っていた。七月三日、別々にフェラーラに入る。翌朝、陰謀者を捕える近衛兵《このえへい》が、いっせいに行動を開始した。フェランテ、ボスケッティ、ロベルティ、そして従者のジョヴァンニは、その日に逮捕されたが、ジュリオはマントヴァ侯夫人の姉イザベッラの許《もと》に逃げた。

その夜から、厳しい取り調べがはじまった。フェランテに対しては、拷問《ごうもん》するまでもなかった。アルフォンソの前にひれ伏し、泣きながら告白し、すべてはジュリオが主犯だ、と訴えた。ロベルティとボスケッティ二人の口を割らせるのは、少々手こずったが、二人とも、三日目にはすべてを白状した。

問題は、ジュリオの引き渡しだった。イザベッラは、事の大きさに驚いたが、姉らしい肉親の情にも勝てず、ジュリオの引き渡しをなかなか承知しようとはしなかったからである。だが、これはもう国家的事件だった。イザベッラも、涙ながらに承知するしかしかたがなかった。しかし、彼女は、ひそかに弟のアルフォンソから、反逆した弟二人の死だけは免ずる、という保証を得ることができた。

逮捕者の取り調べが終り、正式の裁判が行われ、刑の宣告が下った。全員、国家の主に対する反逆罪で死刑。

九月九日の刑執行の当日、城の前の広場は、処刑台を遠巻きにして、群衆がぎっしりつめている。十時、荷馬車に乗せられた罪人が到着した。城のバルコニーには、重臣たちにとりまかれた公爵が立つ。罪状と宣告が読みあげられた。まず、ボスケッティの従者だったフランチェスキーノが、処刑台にのぼらされ、黒い絹の布で目かくしされた。首斬人《くびきり》がおのを振りおろす。再度のひと振りで、首は完全に胴体から離れた。その首は台の上に置かれ、胴体はその場で四つ裂きにされる。次いで、ボスケッティも、同じようにして死んだ。ロベルティにも、違う運命は待ってはいない。この頃になると、広場には血の匂《にお》いがたちこめ、吐き気をもよおす光景がくり広げられた。

いよいよ、エステ家の兄弟たちの番になった。まずフェランテが、死んだような顔色で、処刑台に引きずりあげられた。彼にも、目かくしがされる。その首が血のべったり付いた台の上にのばされた時だった。馬で乗りこんできた公爵の家臣の一人が、大声で、公爵の特別の情により、ドン・フェランテとドン・ジュリオの死一等は免ぜられ、終身刑にされる、と告げた。血なまぐさい処刑図に、さすがに顔をしかめていた群衆の間から、ほっとしたような歓声がわき起った。処刑台のそばに立たされていたジュリオは、それを聞いて気を失った。その彼を、首斬人が馬車の上に引きずりあげ、荷馬車は城へ向って去った。処刑された首三つは、槍《やり》の先に突きさして、その日一日中、広場でさらし首になった。四つ裂きにされた肉のかたまりは、フェラーラの四つの城門に、それぞれさらされた。

終身刑と決った二人は、城の塔、パリシーナ侯爵夫人が閉じこめられたのと同じ塔の、上と下の部屋に入れられた。ジュリオの部屋だけ、入口の扉は塗り込められ、光は高いところにある鉄格子付きの小さな窓から入るだけだった。食事やその他の必需品は、天井裏に開けられた穴からつりさげて、それを下で受けとる仕組みだった。もちろん、誰とも会うことは許されない。

十月三十日、最後に残った一人、従者のジョヴァンニの処刑が行われた。短着にタイツ姿、両手はうしろでしばられ、両足は馬の腹にゆわえつけられ、その馬に乗った刑吏が、町中を引きずって走った。顔は形もないように血だらけとなった従者に、民衆はつばをはきつけた。半分死人の罪人は、再び城の牢《ろう》に入れられたが、それで終りではなかった。

年もかわった一五〇七年の一月六日、城外の塔に鉄製の檻《おり》に入れてつるされたのだ。まるで鳥のように。その日は晴天で寒さが厳しかった。その中でシャツ一枚にタイツだけの罪人は、パンとブドウ酒だけ与えられて、夜も昼も放っておかれた。十三日の朝、いつものように罪人を見物にきた人々は、檻の中で、シャツを引き裂いたので首をつっている従者を発見した。死者は裸にされ、足をしばられ、ポー河にかかる橋から、さかさづりにされた。

終身刑の二人はどうなったのであろう。年代記には、感情もなく淡々と、次のことが記されている。十八年間、上と下に別々に閉じこめられていた後で、二つの部屋が行き来できるようにされ、他に、同じ塔内の大きな部屋も与えられた。その部屋の窓からは、遠く、城の外を通る人々を眺めることもできた。そして、通算三十四年間の幽閉生活の後、フェランテがそこで死んだ。時代は、アルフォンソはとうに死に、その子のエルコレ二世の治世になっていた。さらに十九年後の一五五九年、エルコレ二世の子のアルフォンソ二世が公爵を継いだ祝いに、ジュリオはようやく自由の身になれた。五十三年間の幽閉生活の後では、事件当時二十七歳だったジュリオは、八十歳の老人に変っていた。年代記は、釈放当時のジュリオを、こんなふうに記している。

「この老人が塔から出てきた時、人々は思わず我が眼をうたぐった。彼の身に着けていた衣服は、ちょうど半世紀前の最新流行のものだったからである」

しかし、かつての美男ドン・ジュリオも、長くは自由を楽しめなかった。二年後に死んだ彼について、もう誰も話題にする者がいなかった。

アンジェラ・ボルジアのその後についても、記録は多くを語らない。ただ、ジュリオが牢に入れられたその年の暮には、カルピの小領主の許に嫁いだのだが、田舎のカルピでの生活を嫌い、フェラーラの町中に住み、夫とはほとんど生活を共にせず、まもなく、イッポーリト枢機卿の愛人になったことが知られている。だが、それも長くは続かなかったらしい。数年後、夫の手で毒を盛られて死んだといわれているが、確かな史料はない。

この事件について、当時の年代記も記録文書も、どれひとつ取ってみても、公爵アルフォンソの処置を非難し、ジュリオに同情して書かれたものがない。公爵の処置を、当然としているものばかりだ。

良いこともできなければ、かといって悪事に徹底することもできない人とは、何もできない人間ということになる。こういう種類の男たちに対して、ルネサンスという時代は厳しい時代だった。

パンドルフォの冒険

十四世紀もはじめの頃、アドリア海に沿う町リミニに、パンドルフォという名の若者が住んでいた。

年の頃は二十というところで、父親は商人として成功していたから生活の心配もなく、美男で明るい性格だったから、女たちも放っておくはずはない。パンドルフォには、人生が、楽しくてしようがないものとしか思えないのだった。

若い女は、よりどりみどりだった。父親も、そろそろ身をかためてはと推《すす》めていたし、それを知っている年頃の女たちも、手広く商売する家の後継ぎの嫁になれるのならと、当のパンドルフォの気をひくのに懸命だったからである。それがパンドルフォには、なにかあまりに簡単なことに思えて、自分とはふさわしい年頃の女たちへの興味を失わせた。そんな時、キアラと知りあったのだった。

キアラは、パンドルフォの父親とは商売仲間の、ある男の妻だった。彼女は、聖フランチェスコの教えに共鳴して、尼としての生涯をおくった聖女キアラと同じ名を持つのもふさわしいと人々に賞《ほ》めたたえられるほど、信心深いので知られた女でもあった。信心深いだけでなく、十五は年齢のちがう年上の夫にとっても、よくつくしてくれる貞淑な妻で、夫は、良い妻に恵まれたと、ことあるごとに仲間にも自慢していたほどである。キアラは、四十に手がとどこうという年齢だったが、子供にはついに恵まれなかった。

この、並はずれた美貌《びぼう》の持主でもない四十女に、女には不自由しなかった若い美男のパンドルフォがなぜ魅《ひ》かれたかといえば、それは、信心深く貞淑な女という評判に刺激されたとしか考えられない。事実、もちまえの明るい若さで、大胆に言い寄った若者は、この信心深く貞淑な女が、いとも簡単に思いのままになったのには、少々興味がそがれたくらいである。しかし、彼にとっては、はじめての成熟したしろうと女だった。それに、夫にかくれて秘《ひそ》かに愛の場を持つ危険が、若者を面白がらせていたこともある。

キアラのほうは、もう夢中だった。世間や夫の眼をごまかすために、なにげないふうをよそおいながらも、彼女は若い愛人におぼれていった。人妻ともなれば、外で逢《あ》うことなど想像だにできない。キアラは、仕事のために家を外にしがちの夫であるのをよいことに、家の中を逢い引きの場にする。そのためには、ぜひとも協力者が必要だった。彼女は、女中を仲間に引き入れた。人の良い田舎女だった女中は、世間でも評判高い女主人に、涙ながらにたった一つの願いと頭を下げられて、すっかり同情してしまったのである。夫の在宅しない夜ともなれば、女中がパンドルフォに連絡に行き、彼が到着すると鍵《かぎ》を開け、女主人とその愛人だけにして引き下がる。パンドルフォは、愛のひとときを終えて、女に送られて外に出るだけだった。このままでことが進めば、ありきたりの姦通《かんつう》で終るはずだったのが、ふとしたことで、パンドルフォは、一生忘れられない冒険をすることになってしまったのである。

キアラの身体の調子が、どうも以前のようでないと気づいたのは、妻を心から愛していた夫のほうが先だった。顔色が悪い、なんだか一段と痩《や》せたようだと心配した夫は、妻に身体の調子が悪くはないかとたずねた。キアラも、秘密の愛人のことに夢中で気づかなかったが、夫に言われてみれば、どうもこの頃、なんとなく身体がだるいようだ。彼女は、夫に推められるままに、医者の診察を受けることを承知した。

診察を終えた医者は、別室に夫をよび、どうも治らない病らしい、と告げた。夫は、ひどく驚いたが、専門の医者に診てもらうことを推めるという言葉だけをたよりに、ヴェネツィアの有名な医者を迎えに行かせた。

有名なこの医者の診断も、前のと同じだった。治る見こみはまったくない、薬もない、せいぜいがところ、あと数カ月の寿命であろう。こう言われて夫は、絶望のどん底におちいったが、彼にただひとつだけ出来たこと、なるべく妻にさとらせないようにつとめること、をしようと心に決めたのだった。彼らの生活は、いつものままにつづいた。

しかし、数カ月が過ぎる頃ともなるとさすがにキアラも、寝床の上で過す日が多くなった。彼女が、まるで陽光の下の雪のようにおとろえていくのが、そばで見ている夫には耐えがたかったのであろう。ある日、ついに夫は、涙を流すのを妻に見つけられてしまった。妻に問いつめられた彼は、医者の言葉をかくしとおすことができなかった。それでも夫は、自分はできるかぎりのことをするつもりだ、おまえの残る人生が安らかであるためには、何でもするつもりだから言ってくれ、と、妻を絶望から救い出そうと懸命だった。

しかし、キアラは、そんな夫に、あなたの愛情の深さには感謝している、と答えながら、頭の中ではまったく別の思いにとらわれていたのである。

明日をも知れぬ命、と知った彼女は、確実に近づいてくる死を怖《おそ》れる気持よりも、自分の死後に愛人がどうなるかが気になったのだった。誰が、どんな他の女が、パンドルフォの若々しい肉体を享受《きょうじゅ》することになるのだろう、パンドルフォも、わたしのことなどすぐに忘れてしまうにちがいない、わたしよりも若くて美しい女に夢中になるかもしれない。

そう思いだすと、キアラは、気が狂いそうだった。嫉妬《しっと》の苦しみのほうが、死への怖れよりも彼女をさいなんだ。日一日と痩せおとろえていくキアラの眼だけが、暗い光で燃えはじめる。彼女は、愛人を後に残して死にたくはなかった。できれば、死んでいく自分とともに、パンドルフォも道づれにしたかった。だが、それをするにはどうしたらよいだろう。自分の手で殺すには、もはや彼女自身、寝床を離れられないほど、肉体の力が弱ってしまっている。かといって、他人に頼むにしても、それをしてくれそうな人間を探す方法も、今のキアラにはなかった。彼女は、ぐったりと横たわったままの毎日を、それだけを考えて過した。

そんなある日、キアラは一計を思いついたのである。寝床に横たわる彼女の眼が、偶然に、部屋のすみに置かれたカッサパンカの上に止まったのだった。カッサパンカとは、嫁入りの時などに持ってくる長いす型の木製の箱で、長さは二メートル近くもあり、高さも奥行きも五十センチはある、頑丈な長箱なのである。上部は、ふたのように開くようになっていて、衣装やシーツなど、いわゆる嫁入り仕度を入れるために、当時の女の部屋には欠かせない家具であった。前面に絵を描いたのや彫刻をほどこしたものもあり、ふたを閉めれば長いすとしても使えたのである。

キアラは、これに眼をつけたのだった。衣装をむれさせないように、先年、これの両横に小さな穴をいくつか開けさせてあったのも、彼女の計略のためには都合が良かった。鍵は、もちろん外側からかけるようになっていて、いったん鍵をかけると、内側からは絶対に開かない。栗《くり》の厚い板で出来ているから、内部でたてる音も、少々ならば外には聞えない。キアラは、ようやく安心し、その夜は、いつになく安らかな眠りをむさぼることができたのだった。

数日後、いつもの手順で、キアラは女中をパンドルフォのもとに送った。今夜、例の時刻に来てくれと言わせる。だが、その夜は、夫は家にいた。いつ死ぬかわからない妻を残して、仕事のための旅にも出られなかったからである。しかし、夫の在宅は、今夜のキアラにはかえって都合が良かった。

夕食をすませた夫は、寝室に妻一人を残し、別の部屋に寝にいった。妻の病状が悪化して以来、妻の安眠をさまたげないようにと、寝室を別にしていたのである。

キアラの伝えさせた時刻になると、パンドルフォが到着した。女中が、扉の鍵を開け、彼を女主人の寝室まで案内する。そして、女主人とその愛人だけを残して、女中も自分の部屋に引きあげた。ここまでは、なにもかもいつものとおりだった。

パンドルフォは、病みおとろえた年上の愛人の弱々しく広げる腕の中に身を投げた。その彼のやわらかい頭髪をまさぐりながら、キアラは、嘆きはじめる。わたしはもうじき死ぬ、あなたを残して死ぬ、神さまはなんと非情なかたでしょう、あなたと別れねばならないわたしの気持がどんなにつらいか、若いあなたにはわかるまい、と。

少々軽薄だが心やさしいパンドルフォは、もうすっかり、死にいく年上の愛人に同情していた。彼は涙さえ浮べながら、女を少しでも力づけようとつとめた。あなたと過した甘いひとときは忘れられない、あなたのように真実の愛を教えてくれた人を、わたしは一生想いつづけるであろう、でも、そんな悲しいことは言わずに、治るよう気を強く持たなければいけない。女がそれに、首を弱々しく振りながら、望みはないのだと示すのを、パンドルフォは、やさしく口づけをしてやり、なおもなぐさめるのをやめなかった。

ちょうどその時、女中が部屋に入ってきて、あわてた口調で、御主人様が来られます、と告げた。若者はひどく驚いて、部屋を出ようとした。キアラだけはおちついていて、まず女中を去らせたのち、パンドルフォに言った。

「もう逃げる時間はない。あの中に隠れていらっしゃい。夫は来てもすぐに出ていくから、その後でわたしたちはまた話せます。心配しないで、あの中に隠れて待っていて」

若者には従うしかなかった。女の示したカッサパンカのふたを開けてみると、中には布地が敷かれてある。彼は、その中に横たわり、自分でふたを閉じた。

夫が部屋に入って来た。寝床の上の妻の顔を見て、気分が良さそうだね、良く眠れたからだろう、このぶんなら治る、とうれしそうに言って、妻を残してまた部屋を出ようとした。キアラは、そんな夫を手まねでとどめ、話したいことがあるから、そこにしばらくいてくれ、とたのんだ。夫は、やさしく従う。

「あなた、わたしは誰よりもあなたを愛してきました。そして、あなたも、わたしをいつも愛してくださった。その深い愛に応《こた》えようと、わたしが貞淑であったことは、あなた一人でなく、世間の人々も知っていることです。

でも、お別れする時も近づいたようです。悲しいことだけど、神さまがこうお望みなのだからしかたがありません。ただ、最後にひとつ、わたしの願いを聴き容《い》れてほしいのです。死にいくわたしへの、あなたの愛のあかしの最後としても」

人の良い夫は、もう涙を隠しきれなかった。それでも、妻の細くなった手をやさしくにぎってやりながら言った。

「そんな悲しいことを言ってはいけない。きっと治る、わたしがなにをしても治してみせるから、気を強く持つのだ。でも、おまえの願いはなんでも聴くから言ってごらん」

「あなた、わたしの死んだ後、このカッサパンカも一緒にお墓に入れてほしいのです。あの中には、小説本とか詩とか、亡《な》き母の作ってくれたレースのハンカチとかが入っているだけで、他人にはなんの価値もない品だけど、わたしにとっては娘時代の思い出の品々なのです。娘時代のこれらのくだらない品も、一人で死出の旅に出ねばならないわたしには、きっと良い道連れになってくれるでしょうから。

ここに鍵があります。あなた、かけてくださいますか」

夫は泣きながら、妻の最後の願いを聴き容れてやった。

驚いたのは、パンドルフォである。彼は中で、すべてを聴いて、自分の軽薄さを後悔していたのだが、夫が鍵をかけに近づいた時、よほど声をあげようかと思ったのである。しかし、姦通を見つかったとなると、罪はひどく重かった。夫にその場で殺されても、当然とされた時代である。それに、この家の中には、主人以外にも下働きの男たちが多勢いることは、彼が誰よりもよく知っている。主人の声を聴きつけた下男たちが駆けつけてきて、彼が、犬のようになぶり殺しになる図は、想像しただけでも、パンドルフォをおじけさせるに十分だった。若者は、沈黙を守ることにした。もっと安全な方法で逃げる機会もあるだろうと思ったのである。彼は、カッサパンカの中で、息をひそめさえした。

たてた計略が自分の思いどおりにはこんだのに安心したのか、キアラは、その夜の明けがたに死んだ。親族たちが集まってきて、嘆く夫をなぐさめようとした。暗くされた寝室の中央に置かれた寝台の四すみにしつらえられたろうそくの灯が、フランチェスコ宗派の修道尼《しゅうどうに》の服をまとったキアラの遺体を照らす。親族たちは、キアラの安らかな死顔を見て、いちように、聖女のように清く貞淑に生きた一生だった、とささやきあうのだった。

夫は、彼らに、妻の最後の遺言を告げた。これには親族たちも驚き、皆、部屋のすみのカッサパンカを不思議そうに眺めた後、葬《ほうむ》る前に少なくとも開けてみてはどうだ、と、夫に言った。しかし、夫はかたくなに、妻の願いどおりにしてやるつもりだ、と答えるのだった。

その日の夕暮、キアラの遺体は墓地へ向った。六人の男たちが捧《ささ》げ持つ遺体が進む後に、よそ目にも気落ちして別人のようになった夫がつきそい、その後に、馬車にゆられたカッサパンカがつづく。リミニの町の人々は、この奇妙な葬列を、好奇心をあらわにして見送った。

葬列が町はずれの墓地に着いた時、すでに前もって知らせてあったので、普段よりはずっと大きい墓穴が掘られていた。その中に、遺体とカッサパンカが並べて安置される。墓穴のふちに立った司祭が、ミサをはじめた。夫と親族たちは、穴の周囲に並ぶ。司祭の、亡きキアラの平素の徳と夫への愛と献身をたたえる言葉がはじまると、もはや耐えられなくなった夫の泣き声が、低くあたりに流れた。親族の多くも、もらい泣きをした。その中でただ一人、夫の甥《おい》にあたる男が、墓穴の中のカッサパンカを、しつこく見つめているのに、誰も気づかなかった。

葬式のミサが終り、墓穴を埋めることになったが、墓穴があまりにも大きくて、遺体のほうにだけ土をかぶせ終った時は、参列の人々も、すべてが終るまで待つ気を失ってしまい、夫をうながして帰りはじめた。墓掘人夫も、遺体さえ隠してしまえば、あとは明朝でもよいと思ったのであろう。彼らも、墓穴の上に板を置いてふたをし、その上に石をひとつ置いて板が動かないようにしてから、墓地を去って行った。

夜半過ぎた頃である。月だけが照らす墓地に、三人の男が忍びこんできた。キアラの夫の甥とその仲間二人である。

甥は、カッサパンカを馬車にのせる時に手をかして、それが、書物や女の身のまわりの品々が入っているだけにしてはひどく重いのを知り、これは伯母のキアラが、夫に隠して貯《た》めこんだ宝石や銀器類を、死ぬ際になって、隠して貯めこんでいたと白状もできず、それとも、夫に渡してしまうのも惜しいと思ったのか、墓まで持っていくつもりであんな奇妙な遺言をしたのだと、思いこんだのであった。彼は、それなら横取りしてやろうと思い、鍵のかかったカッサパンカをこじあけるには助けが必要と、仲間の二人に打ちあけて、分け前をやると約束し、この仕事に連れて来たのである。

男三人は、まず石をのけた。次いで、墓穴のふたをしていた板もわきにずらせる。三人は、穴の中に入りこんだ。カッサパンカのふたをこじあけるに必要な道具は、持ってきている。彼らは、さっそく仕事にかかった。

しばらくして、さすがに頑丈にできているカッサパンカの鍵も、ガタガタと動くようになった。もう一息と、三人は、ふたのすき間にやっとこをさしこみ、力いっぱい押しあげた。一瞬、鍵のこわれる音が、墓地の沈黙を破ってひびいたのち、ついにカッサパンカのふたが開いた。

パンドルフォは、それまで中で死にそうになっていたのだが、鍵がこわされる音がしはじめた時から、彼にも命びろいの望みがわいてきた。そして、鍵のこわれる音がし、ふたが開いた瞬間、喜びのあまり彼は、人間の叫び声とも思えない、大声をあげたのである。

これには、ただでさえ怖ろしい夜の墓地で、墓盗人という、見つかれば死罪になることをしていた三人の気を転倒させるに十分だった。彼らは、叫び声の正体を見とどけるどころではなく、道具もそこに放り出し、いっさんに逃げてしまった。

カッサパンカから出たパンドルフォは、夜気の冷たさを心地良く感じながら、あらためて、危ういところで命びろいしたのも夢ではなかろうかと思ったりした。彼は、この不快な場所からすぐにも去ろうとしたが、ふと思いなおし、カッサパンカのふたをもとどおりに閉め、墓穴のふたをしていた板を置き、そのうえに石まで置いたあとではじめて、無人の墓地を去って行った。


数カ月もしないうちに、パンドルフォは父親の推めに従い、三つ年下の女と結婚した。素直なやさしい女で、夫によくつくすと評判だったが、パンドルフォは、その妻との間に四人もの子をもうけたのちもなお、気を許した友人と話す時など、こんなふうに言っていたそうである。

「女は怖ろしい、あれは魔ものだ。どんな聖女でも、それが女であれば、気を許したりしたら大変なことになる」と。

フィリッポ伯の復讐

一三〇〇年代も後半のローマに、フィリッポ伯と呼ばれる傭兵《ようへい》隊長がいた。

傭兵隊長というのは、騎兵と歩兵とからなる一隊を持ち、傭《やと》ってくれる個人か国家に代って戦争をする者をいう。当時のイタリアは、多くの国に分裂し、それらの国の間でしじゅう争いが絶えなかったから、彼のような男たちにとっては、仕事はいくらでもあった。まして、世は、イタリアの経済が頂点に立った時代である。これらの国々の市民は、商売に忙しく、かといって争いがないわけではないから、誰か、自分たちに代って戦争をしてくれる人々を欲していたのだ。ここに、傭兵隊長という、新商売が成り立つ理由があるのだった。

フィリッポ伯は、配下に、百の騎兵と百二十の歩兵を持っていた。これらを引き連れて、時にはミラノ公のために戦争し、また別の時には、ミラノ公とはあまり好い仲でない、ローマの法王の下で働いたりしていた。

傭兵隊長たちは、三つに区分けすることができた。

㈠　マントヴァやリミニのような中小国の領主で、そのために収入が十分でなく、いわば副業として他国の戦争をうけおう場合。

㈡　自分の生国内での勢力争いに敗れ、生国から追放された者が、復帰を念願として、そのために武力を持とうとし、その最も効果的で確実な手段として、傭兵隊長になる場合。

㈢　まったく生れもさだかでない下層の出身者が、世の中で成功をおさめるため、この道に入った場合。

傭兵隊長として成功する者には、第三に属する者が多かった。彼らは、失うものを何も持たないからである。両方のカネ払いを計算して、自分に得だと思う方に付くからであった。

第一の場合は、やはり領主であるだけに、面子《メンツ》というものを無視できない。カネの額によって傭い主を代えて平然としている第三の男たちのようなまねはそう簡単にできるわけがないのだった。

第二に属する男たちとて、なんでも好き勝手にやれるわけではなかった。彼らには、名誉というものがあった。自分を追い出した国に復帰したいという執念は、郷土愛などでは決してなく、汚《けが》された自らの名誉の挽回《ばんかい》を意味したからである。

フィリッポ伯は、この第二の部類に属していた。伯爵《はくしゃく》と呼ぶ周囲の人々も、彼が、実質をともなわない名だけの伯爵であるのを知っている。そして、フィリッポ伯自身が、彼らが知っていながらもそう呼ぶことを、痛いほどに感じてきたのだった。妻になったイザベッタには、夫のこの心境が、少しもわからなかった。いや、甘やかされて育ったこの名家の娘は、わかろうとさえもしなかった。

イザベッタの生れたサヴェッツリ家は、オルシーニ、コロンナと肩を並べるローマの貴族で、一族の中からは法王や枢機卿《すうきけい》を出すほどの名家であった。高名な武将も一家の中にはいたが、ローマ郊外に広大な領地を持つだけに、どちらかといえば、傭兵隊長を傭う側にあった。フィリッポ伯も、何度かサヴェッリ家のために戦ったことがある。

百の騎兵と百二十の歩兵をかかえているとなれば、総大将とはいかなくても、重要な部所をまかせられる将としての地位は与えられる。しかも、フィリッポ伯は、大胆で勇敢な戦いをすることでも知られていた。サヴェッリ家としては、この武将を、カネだけではなく何かで自分たちの側に引きつけておく理由は、十分にあった。分家の出とはいえサヴェッリを姓に持つイザベッタは、こうして、傭兵隊長フィリッポ伯に嫁いだのである。

二十歳のイザベッタは、倍は年がちがう夫と、ローマ郊外の城に住むことになった。城は、サヴェッリ家所有の多くの城のひとつで、嫁いできた時の持参金の代りであったから、彼女のものと言ってよかった。この城の中で、フィリッポ伯爵夫人としてのイザベッタの生活がはじまった。娘時代とは、さほどのちがいはなかった。身のまわりを世話する召使たちは、彼女が連れてきた女たちであったし、城も、娘時代に、よく両親と夏を過したところだったからである。ちがうのは、ローマ貴族の両親の屋敷とくらべて、傭兵隊長があるじのこの城には、武具の音も騒がしく、いかつい男たちがしじゅう出入りすることだった。

しかし、娘時代と今とで最も変ったことは、自由を満喫できることだった。両親や親族の眼が光っていて、それらに反するようなことはなにひとつできなかったあの頃と比べて、今では、彼女が主人だった。イザベッタは、春の空高くさえずるひばりのように、得たばかりの自由に夢中になった。

成熟した男である夫は、若い妻に好きなようにさせた。ヴェネツィアの高価な布地が欲しいと言えば、すぐに取り寄せてやったし、ローマの誰かの屋敷で宴《うたげ》があると言えば、行き帰りの道中の安全のためにと、自分の配下の兵を付けて発《た》たせてやった。

結婚して二年後、イザベッタは女子を産んだ。だが、子を得ても、彼女の生活ぶりは変らなかった。夫は、職業である戦争をするために、しじゅう城を外にしていたので、周囲を気にしないですむ自由も、しばらくすればあきがくる。若い妻は、情人をつくった。それも、一人ではなかった。

フィリッポ伯は、醜い男では決してなかった。背は並はずれて高いとは言えなかったが、外での生活が多いためかひきしまった肉づきで、肌の色は浅黒く陽焼けし、働き盛りの四十代に入って、ますますその精悍《せいかん》な魅力にみがきがかかる頃でもあった。

イザベッタも、夫が嫌いなのではなかった。いや、結婚当初は、筋肉を識別できるほどひきしまった夫の腕をなぜるのを、彼女はことのほか好んでいたくらいである。夫に、不満があったわけではない。ただ、イザベッタは、自分に気まぐれを許してくれる夫を、女の浅はかさで軽く見たのである。

自分はなにをしてもよいのだ。夫は、主人の娘と結婚できた幸運を喜んでいるから、わたしのすることに苦情を言うこともできないのだろう。それに、わたしはまだ若い。若くて美しくしかも名家の出であるわたしが、法王様の甥《おい》に嫁いでも少しも不思議でないわたしが、傭兵隊長ふぜいのところに嫁入ってきてやったのだ。感謝するのは夫のほうで、わたしには、世間並みの妻のような、夫には貞淑で子には思いやり深い女であらねばならない義務などないのだ。イザベッタはこんなふうに考え、まだ幼い娘さえ、嫁ぎ先にまで連れてきた自分の乳母にまかせて、日に一度、顔を見にいくことさえおこたりがちであった。

伯爵夫人の浮気の噂《うわさ》は、しばらくすると、夫の耳にまでとどくほどになった。だが、しじゅう家を外にしているフィリッポ伯には、妻の浮気の相手が誰なのかをつきとめる時間など、あるわけがない。かといって、噂だけで逆上し、妻を問いつめて白状を強いるようなことは、数限りない戦火の下を生き抜き、自分しか信じられないような複雑な人間関係を、底の底まで知りつくした現実的なフィリッポ伯には、あまりに狂気じみたことに思えて、やれることでもなかった。彼は、なにも気づかないふりをよそおった。そんな夫を、イザベッタは、知っているのだけど腹をたてる勇気さえないのだ、と思いこみ、ますます大胆にふるまうようになった。

しかし、フィリッポ伯が、妻の浮気の相手を確実に知る時が、まもなくやってきた。それは、ごく最近に伯の配下に加わった、リッツォという名の若者だった。若者が、ある時、フィリッポ伯の命令を傲慢《ごうまん》な態度で受けたのが、伯の疑いに火を点《つ》けたのである。だが、証拠があるわけではなかった。実証を得るために、フィリッポ伯は、ひとつのたくらみを思いついた。

ある日、フィリッポ伯は妻に、フィレンツェまで行かねばならない用事ができたので、急だが明朝出発する、十日以内には帰れないだろう、と言った。そして、ちょうど通り道になるから、以前から孫の顔を見たいと言っていたイザベッタの両親の許《もと》に、娘を連れて行こうと言い、乳母やその他のサヴェッリ家からイザベッタに従《つ》いてきた女たちにも、娘とともに発てるよう準備させよ、とつけ加えた。伯の配下の兵は、ほとんどが主人に従ってフィレンツェへ発つので、夫人の残る城には、下働きの男と女たちのほかは、伯の配下から三人だけが居残るだけになる。留守を守る役の三人のうちの一人に、フィリッポ伯は、リッツォを指名した。

イザベッタは、身のまわりの世話をする女たちが、乳母と一緒に発つことになったのを、不思議にも感じなかった。かえって、普段からとやかく彼女のふるまいをいさめていた乳母が去り、その乳母に同調するような眼で見がちだった召使も発つのが、やりたいことをやりたいようにするのに好都合だと、喜んだくらいである。居残り組に愛人が加えられているのが、イザベッタにすべてを忘れさせた。

急仕度の一行があわただしく発って行った後、城には、小鳥の声が一段と身近に聴えるほどの静けさがもどった。イザベッタは、城の中庭に降りた。庭のはずれに愛人が見えたが、声もかけず、ただ眼で合図を交わしただけで、彼女は、いつもするように、午後のひとときを咲き乱れる花の間を散歩しながら過した。その夜も、彼女は一人で寝た。さすがに大胆なイザベッタも、あまりに都合良くできた状況に、無意識のうちにも慎重に行動していた。しかし、三日目の夜を、彼女はもう待たなかった。

次の日の夕食時、下女が、伯爵夫人に命ぜられたからと言って、三人の男たちのところに、多量のぶどう酒と料理を運んできた。リッツォだけは、今夜は自分が不寝番だと言い、ぶどう酒の飲み過ぎをひかえたが、あとの二人は、厳しいあるじが居ないのに気を許したのか、あびるほどに飲み、まもなく酔いつぶれてしまった。


夜もふけた頃である。少数の兵だけ従えたフィリッポ伯が、城の前に立った。彼は、城門の前を素通りし、裏手のほうへまわってある場所まできた時、そこの城壁の石をのぞくよう、部下に命じた。大きな石がのぞかれると、そこには、間道が口を開けていた。

抜け道は、城内の一室に通じている。無言の伯と配下の男たちは、全員が間道を通り抜けるまで、その部屋の中で待った。その間にも、キラリキラリと抜かれた剣を、一人一人がにぎりしめる。全員がそろったのを確かめて、彼らは静かに部屋を出た。平たい石を敷きつめただけの城内の廊下を、音もたてずにまっすぐに、伯爵夫人の寝室のある塔に向う。廊下の曲り角ごとに置かれたほのかな灯が、その下を人が通り過ぎるたびにゆらりとゆれ、チチと油の燃える音以外は、何も聴えない。だが、よく注意していれば、男たちのやわらかい皮で出来ている靴が、石の平面をさするわずかな音が、城内の長い廊下を風のように通り過ぎるのに気づいたかもしれない。

留守番役の男たちが眠っている部屋の中に、フィリッポ伯の配下が一人消えた。他の男たちは、部屋の中の様子など気にもとめないかのように、その前を通り過ぎ、塔に登る階段を足早に進む。

寝室の扉が荒々しく開けられた音で、イザベッタは眼を覚ました。最初は風のしわざかと思い、半分眠ったままの眼を、ぼんやり扉のほうに向けた。だが、そこに、抜き身の剣を持った男たちに囲まれて立つ夫の姿を見た時、彼女の眼はとび出すように大きくなり、そのまま動かなくなった。まだ何事も気づかずに眠っているそばのリッツォを起すことなど、すっかり忘れてしまっていた。

フィリッポ伯の眼は、怒りに燃えてはいなかった。冷たい光をたたえた眼で、伯は、なにかを低く命じた。剣を持ったままの家来が一人、寝台に近づき、シーツをはぎ取った。伯爵夫人とリッツォの何も身につけていない裸体が、部屋の中にまだわずかに燃え残っていた灯の光の中に、白い二匹の動物のように浮びでた。リッツォも、シーツを乱暴にはぎ取られた時に眼を覚ましたのだが、彼も、恐怖のあまり、身動きひとつできなかった。伯爵は、寝台の上のおびえた二つの裸体をしばらく眺めていたが、再び低い声で、なにごとかを命じた。すでに剣をさやにおさめていた家臣の数人が、寝台に近寄り、リッツォの前に立った。若者は、強いられるまでもなく、自分から進んでやるようにして彼らに腕を取られ、寝台を降りた。

すでに誰かが、天井の梁《はり》に細ひもをわたしていた。その下に、木の椅子《いす》が置かれる。裸のままの若者が、背を押されてその上に立った。彼の首にひもがまわされても、リッツォは、抵抗しなかった。自分の身に起りつつあることが何かも、気づいてさえいないかのようだった。椅子がはずされた時、ギャッとけもののような声を出したのが、リッツォのあげた最初で最後の声だった。

フィリッポ伯は、裏切った家来に対してよりも、裏切った妻に対しては、もっと残酷なやり方で復讐《ふくしゅう》した。

白い寝衣だけ着させられたイザベッタは、城の地下牢《ろう》に連れて行かれた。鉄柵《てっさく》を張った小さな窓が天井ちかくにあるにはあったが、わずかな光が入ってくるだけで、空気の流通には役立たなかった。なぜなら、窓は外に向いているのではなく、壁の一部をななめに切ったところを、鉄柵でふさいであるものだったからである。その上に、つまり地面に向って開いている部分には、また鉄の柵がかぶせてあった。上の鉄柵をとおって落ちてきてたまった去年の落葉が、これも容赦なく降りこんだらしい雨とまざって、窓の下半分にべったりとたまり、それが放つ悪臭で、地下牢の中は息をするにも苦労するほどだった。

牢の壁には、三箇所、鉄の輪がはめこまれてあった。中央の少しばかり大きい鉄輪は、床に坐らされた囚人の首を固定し、左右の鉄輪は、両手首を固定するためである。伯爵夫人の首と手も、こうして壁に固定されると、ガチャリと錠が閉まった。両足だけは自由だったが、囚人が男だと、両足首も鉄の鎖で結わえられ、さらに大きな鉄の玉まで付けられるから、身体の自由は完全に封じられる。寝衣のすそからのぞく夫人のかぼそく上品な両足は、だから動かそうと思えば動かせたのだが、彼女はそれさえも思いつかないのか、声もたてず、両足を投げ出した姿で死んだように坐っていた。

しかし、ろうそくの火を背に近づいた一人が手に持っているものを見た時、イザベッタははじめて、鳥のような鋭い悲鳴をあげた。その彼女の口を、もう一人がぐいと開けた。くぎ抜きを持った男が、それを口の中にさしこみ、抜いた。くぎ抜きにはさまれた肉片のこびり付いた歯は、ポイと捨てられ、もう一度、くぎ抜きは口の中にさしこまれた。これが何回もくり返された。イザベッタは、その間、けもののような叫び声をあげていたが、自由な両足だけを動かすことができただけだった。歯は、すべて抜き取られた。その頃には、血が口の中からあふれだし、白い細い首すじを伝わって流れ、白い寝衣の胸全体を赤く染めていた。フィリッポ伯は、この有様の一部始終を、顔をそむけようともせずに眺めていた。その夜は、これで終りだった。

翌日早く、下男や下女たちは暇を取るよう言われ、城を去って行った。フィリッポ伯は、彼らに、十分すぎるほどの給料を与えた。彼らの誰一人、昨夜の出来事を知らなかったので、ここを引き払って、一家ともどもフィレンツェへ移るのだという伯の言葉を、不思議に思う者はいなかった。

地下牢のイザベッタには、眠れぬまに夜が明けていた。彼女の口の中は、ひどく腫《は》れあがり、顔がすっかり変り、まるで別人のようになっていた。昼に、食事が持ってこられた。伯の配下の一人が、水にひたしたパンを、腫れあがった伯爵夫人の口の中に、むりやりに押しこんだ。彼女は、それを飲みこむしかなかった。これが、昼と夜、日に二度くりかえされた。もう、むごい仕打ちはされなかった。だが、牢番は、彼女のどんな願いにも耳をかたむけなかったから、時間がたつにつれて、彼女がどうしようもなく流す排泄物《はいせつぶつ》がたまり、それが、石の床に投げだされた両足の間を、汚くよごした。フィリッポ伯は、日に一回、そんな妻の様子を見にきた。しかし、イザベッタの絶望に狂ったような哀願にも、返事ひとつしようとはしなかった。ただ黙って眺めるだけで、しばらくすると去って行った。こんなふうにして、三日が過ぎた。

四日目の朝、数人の男が地下牢に降りてきて、イザベッタの首と手首を固定していた鉄の輪をはずした。そして、もう一人で歩く力もなくなっていた彼女を、両わきからささえて、地下牢を出、城内の一室に連れて行った。その部屋の一方の壁は、一メートル四方に切られ、五、六十センチほどの奥行きの向うに、切られた石壁の荒い肌が白く見えた。

イザベッタは、その時はじめて、自分を待つ運命を悟った。彼女は、歯を全部抜き取られたためにはっきり言葉にならない声で、命だけは助けてくれるよう叫んだ。だが、夫のフィリッポ伯も伯の配下の男たちも、それには一言も答えず、彼女は、むりやり切られた壁のくぼみに押しこまれた。その彼女の眼の前に、いくつかのパンのかたまりと水の入ったびんが置かれた後、男たちは、レンガを積みはじめた。またたく間に、数人の男たちの手早い動作によって、レンガの壁が出来あがった。中で、イザベッタが何を叫ぼうとも、もう外には聴えてこない。それでも男たちは、レンガの壁の上に、あらかじめ用意してあった白いしっくいを、ていねいに塗りこめた。数時間もすれば、初夏のことでもあり、ぬれたしっくいは乾き、他の壁面と同じになって見分けもつかなくなるであろう。男たちはこれらをすべて終えてから、フィリッポ伯を先に立てて、部屋から去って行った。

十日近くが過ぎた頃、幼い娘と召使たちをよこしたきり音沙汰《おとさた》もないのに心配したイザベッタの実家の人々が、城に様子を見に訪れた。だが、花が咲き乱れ、ひばりが高くさえずる中庭に人影はなく、無人のままに捨てられた城を見出《みいだ》しただけだった。伯爵夫人の寝室につるされたままの若い男の死体を見た彼らは、ことの次第を想像するのに苦心はしなかった。地下牢の中に散らばっている、今では乾からびた肉片の付いた歯を発見した時からは、誰一人、サヴェッリ家の姫君の身に起ったことを疑う者はいなくなった。城内のすみずみにいたるまで、探した。深い井戸の中も、中に人が入ってまで探した。城をとりまく堀の中も、水草をかきわけて必死の捜索が行われた。だが、あらゆる苦労もむだだった。イザベッタの死体は、どこからも発見されなかった。

数カ月後、ミラノへ行ったフィリッポ伯が、ヴィスコンティ公爵の下で傭兵隊長として働いているということを、人々が噂していた。

ローマでは、二十世紀の今でも、古い家の改築工事の折などに、壁の中から白骨が発見されることがある。

ヴェネツィアの女

十六世紀も四分の一が過ぎた時代の話である。ヴィチェンツァ生れの、ガレアッツォという名の二十二歳になる若者がいた。

ガレアッツォの父は、公証人を業としていて、あらゆる約束事の保証人になるくらいだから、人々の尊敬も得ていたし、いちおうの教養もある、いわば当時の中流階級を代表する一人といってよかった。

その一人息子に生れたガレアッツォは、教区の司祭に読み書きを習っていた子供の頃から、他の子たちよりも一段と優れていて、父親の自慢の種だったが、十五歳を迎える頃には、ガレアッツォの頭の良さは、ヴィチェンツァの司教の目にとまるまでになり、司教が、ヴィチェンツァよりももっと大きな町のパドヴァの司教に任命されて行く時には、ガレアッツォを預かりたいと、父親に言ってきたほどだった。

「私設の秘書にして、大学で学ばせてやろう。わたしを後見人と思い、ガレアッツォの将来をまかせてもらえないか」

父親に異存はなかった。司教のような勢力ある人物が後ろだてになってくれるのだし、そうでなくても、ヴェネツィア共和国内の学問の中心とされているパドヴァの大学に、いずれは入れてやらねばなるまいと思っていたからである。ヴィチェンツァもパドヴァも、北イタリアの強国ヴェネツィア領に属していた。

こうしてガレアッツォには、家族を離れ、学問に専念する人生がはじまった。成績は優秀で、二十二歳になった時には、すでに神学と古典学両方の学位を得ている。彼の前には二つの道が開かれていた。一つは、大学の教授になることであり、他の一つは、司教の秘書をしながら、その後ろだてで聖職界に入り、いずれは枢機卿《すうきけい》になるのも夢ではない、当時の出世街道を進むことだった。中産階級出身の優秀な子弟にとっては、どちらに進んでも輝かしい将来を約束されたことに変りはない。その彼の人生を狂わせたのは、世界の宝石箱とうたわれた水の上の都、美しく官能的なヴェネツィアだった。いや、そこに住む一人の女だった。

五月ともなるとヴェネツィアでは、ダルマツィア（現クロアチア）の山からの風が、アドリア海にさざ波を立てながら吹き渡ってくる。大気は澄みきり、海の色はあくまでも蒼《あお》く冴《さ》えわたる。陸地から離れた浅瀬をかためて、それらを何百というタイコ橋でつないでできているこの水の上の都が、最も住み心地良く思えるのはこの季節だ。冬の間、冷たい水にかこまれてそれぞれの家にこもっていた人々も、暖かい、しかし澄んだ大気を胸いっぱいに吸おうと町中にあふれ出し、橋を上下する人々の姿の運河の水にうつる数も、一段と多くなり、活気にあふれるのもこの季節なのである。ヴェネツィアでは、春は海からやってくる。

ガレアッツォが、司教に連れられてヴェネツィアを訪れたのも、ちょうどこの季節だった。ヴェネツィア訪問は、彼にとってはじめてではない。だが、これまでは、ギリシアの古写本を多く蔵するここの図書館に通って勉強するのが目的で、図書館と貧しい宿屋の間を往復するだけの生活しか知らなかった。

しかし、今回はちがっていた。今回は、ヴェネツィアの総主教から公式招待を受けた、パドヴァの司教に従っての訪問だった。連日、総主教からだけでない、ヴェネツィア中の名士からの招待がひきもきらずに続く。パドヴァの司教は、息子同様に目をかけてきたガレアッツォの見事な成長ぶりを自慢に思っていたから、彼の将来のためにも役立つだろうと、どの招待にも彼を連れて行った。ガレアッツォは、こうして、ヴェネツィア共和国の元首にも紹介されたし、共和国政府の高官たちとも知り合えたのだ。そして同時に、こういう席を飾る花、ヴェネツィアの上流階級の婦人たちを間近に見ることもできたのだった。

当時のヴェネツィアは、イタリアだけでなくヨーロッパの他国と比べても、爛熟《らんじゅく》した文化が華やかに咲きほこっていた時代だから、婦人たちはもとよりのこと、列席の名家の若者たちの服装も、まるで色とりどりのリボンを乱した上に宝石箱をぶちまけたように派手で、その中に立つと、ガレアッツォの秘書の立場にふさわしい暗色の服は、地味でつつましい感じを与えはしたが、彼のみずみずしい若さと、彼のおちついた物腰がすなおにとけあって、かえって婦人たちの目には、好ましい若者とうつったのであろう。ガレアッツォに意味ありげな流し目をおくる女は多かった。彼さえその気になれば、浮き名を流す機会に不足はなかったのだが、この、神学を学んだとはいっても、心底では古代ギリシアの異教の世界に憧《あこが》れている青年には、彼女たちはただの白い肉のかたまりに過ぎなかったのだ。肉のかたまりをそれなりに享楽《きょうらく》するには、ガレアッツォにはまだ、異性に対しての夢がありすぎた。

そんな数日が過ぎたある日、大運河《カナル・グランデ》に沿うグリッティ宮で夜会が開かれた。当夜の主賓は、ローマの貴族で当代最高の武将といわれたプロスペロ・コロンナであったから、夜会が珍しくもないヴェネツィアでも、数日前から町中の噂《うわさ》になるほど、豪華で盛大なものになるはずだった。

その夜、晩鐘の音を合図にするように、大運河に面したグリッティ宮の表玄関には、招待客をのせたゴンドラが、ひきもきらず到着しだす。桟橋に横づけして主人を降ろしたあとのゴンドラは、左右の水中に立つ杭《くい》にひとつひとつつながれて、夜会の終りまで、波にゆられながら待つのだった。グリッティ宮の一階から三階までのすべての窓の両側にしつらえられたたいまつの火が、運河の暗い水面に反射し、次々と到着する招待客の華やかな服をうつしだすのを、二階の窓辺に立つガレアッツォは、あらためてヴェネツィアの美しさを見なおした思いで眺めていた。

その時、一隻《せき》のゴンドラが到着した。桟橋に横づけされた船から、船頭に手を取られて、一人の女が降りたつ。その気品、まさにあたりをはらうようで、近くにひしめいていた他のゴンドラが、思わず左右に道をあけでもしたかのようだった。ガレアッツォの目は、その女に吸い寄せられたように動かなくなった。

女は、年の頃三十ぐらいであろうか、背が高く、肉づきも堂々としていて、肌はすきとおるような大理石の白さ。おおかたのヴェネツィア女とちがっているのは、その豊かな黒髪だった。ヴェネツィアの女は階級の上下を問わず、金髪に憧れていて、彼女たちの大切な仕事は、屋上に出て、頭の部分を切りぬいたつばの広い帽子をかぶり、頭髪だけ陽光にあてて焼くことだったのである。少し赤ちゃけたこの髪を、ヴェネツィア金髪と呼んで、それでなくては夜も日もあけないほど、女たちは気を使ったものだ。黒髪をほこらし気に結い上げるのは、流行に逆らうことだったのである。女は、真珠の連を波がしらのように散らした美しい黒い髪型を、まっすぐにたもったまま、グリッティ宮の玄関に入っていった。

「あいかわらず、グリマーニの奥方は美しい」

いつのまにかガレアッツォの背後にきていたらしいパドヴァの司教が、聖職者らしくもない、素直な調子で言った。ガレアッツォは、はじめてこの時、女の名を、ビアンカ・グリマーニという名を知ったのだった。

その夜の夜会には、元首夫人以下、ヴェネツィア名家の夫人たちが一人残らず列席していたが、ビアンカは、その中の花であった。コロンナ武将などは、ローマの大貴族の夫人にもこれほど美しく気品のある夫人はいない、グリマーニの奥方は、まさにラテンの美の象徴だと言って、讃辞を惜しまなかったが、夫人はそれさえも、少々からかうような微笑で受けただけだった。ガレアッツォは、男たちのささやきから、ビアンカが、大商人グリマーニの妻であること、夫はコンスタンティノポリスやアレキサンドリアに支店を持つ忙しい身で、一年の大半はオリエントに旅していることなどを知った。夫人の教養の高さはその美しさと同じに群を抜いているのだが、それをしたって集まってくる詩人や学者たちも、夫人との会話を楽しむだけで満足せねばならず、恋情をほのめかしたとて、さらりとうけながされてしまうのが常だった。

「ジュノーの気品とミネルヴァの頭脳にヴィーナスの魅惑を兼ねそなえながら、ヴェネツィア一の貞淑な女というわけさ」

ガレアッツォにグリマーニの奥方について話してくれたその男は、最後に笑いながらこうつけ加えるのだった。

その夜、ガレアッツォが夫人と過したのは、司教を仲にして会話をかわした半時ほどの間だった。恋におちてしまった彼の耳に、二日後の招待を申し出た夫人の言葉を司教が快く承諾したのが、天からの音楽のように聴えたものである。


一カ月近くが過ぎた頃、ガレアッツォのヴェネツィア通いがにわかに度を増しているのに、まず司教が気づいた。若い秘書は、古写本を見るためと言ってはパドヴァを出るのだが、それが別の理由のためであることは、人を熟知する司教は見抜いていた。ガレアッツォの会いに行く相手も、見当がついていた。しかし、若者の成熟するうえに一度は通らねばならぬ道と思っていたから、黙って気づかないふうをよそおっていただけだ。司教自身、若い時にある女に、三人まで子を産ました経験の持主でもあったからである。

グリマーニの奥方とガレアッツォの仲が、どんなふうにはじまったのかは知らない。恋に夢中の若者は、ただ、あれほど人々の憧れの的であった夫人が、自分のような何の取り得もない若者の愛を受け容《い》れて、しかも案外と簡単に受け容れてくれたので有頂天になっていた。なぜだろうと女の心中を探る余裕など、ガレアッツォにはなかったのだ。彼は、少しからかうような眼差《まなざ》しをそそぐ夫人の、白い豊かな胸に、おずおずと唇を押しつけるだけで、天にも昇る心地だった。夫人は、彼にとって女神であった。女神をうやまうように、彼は夫人をうやまうのを、寝床の中でもやめようとはしなかった。そして、自分のこの気高い愛を、夫人も理解し、尊重してくれているのだと思いこんでいた。

しかし、ビアンカのほうは、そんな感情はひとかけらも持っていなかった。高名な男たちの賞讃を受けるのに慣れていた彼女だ。この無名の若者、地位も財産もない若者のまだ熟しきっていない青い肉体を、余裕をもって愛撫《あいぶ》しながら、最後にはその下に屈服させられるのに、一種の快さを感じていたにすぎない。好奇心であった。遠からず覚める運命にある、好奇心にすぎなかったのだ。ガレアッツォには、予想だもできないことだった。

こうしているうちに春も過ぎ、夏がやってきた。その頃、ガレアッツォは、保護者のパドヴァの司教から、以前の彼だったら喜ぶにちがいない、しかし今の彼は浮かない気持で受けた申し出をされ、困りはてていた。ローマへ同行せよと言うのである。司教が大司教に昇格したと思っているうちに、キリスト教界では法王に次ぐ地位の枢機卿に任命されたからだった。新枢機卿には、パドヴァの任地を離れ、ローマ法王庁内の要職が待っている。ガレアッツォにとっても、司教の秘書よりも枢機卿の秘書官ともなれば、今までの私的な立場から一変して公職となり、ローマ法王庁というキリスト教界の中枢《ちゅうすう》、当時の政治の中心で、自分の能力を試すことができるわけだった。以前の彼ならば、何のためらいもなく受けたことであろう。しかし、今の彼には、秘めた恋を捨て去る気持など考えられもしなかった。パドヴァとヴェネツィアの間ならば、平地の三十キロの距離でしかないが、ローマとヴェネツィアとなると、彼らの間をへだてる距離は、その二十倍にもなるのである。しかも、ローマではあまり暇もなく、好きな時に抜け出てヴェネツィアへ直行することなど、ほとんど不可能と思わねばならなかった。

かといって、長年目をかけてくれた保護者の好意をそでにすることは、今のガレアッツォにはできなかった。枢機卿は、おもて向きの理由はガレアッツォの将来のために良いからとローマ行きを推《すす》めるのだったが、裏には、もうそろそろ火遊びをやめさせる時期だと思う気持があって、ローマ行きをヴェネツィア女と手を切る絶好の機会と判断していたから、いきおい、ガレアッツォに対してほとんど命令口調になるのだった。ガレアッツォには、従うしか他に道はなかった。

しかし、ビアンカと会えないと思うだけでも、彼には耐えられない気持だった。手紙を送ると約束したが、それだけではおさまらない。そんな時、彼は一計を思いついた。ビアンカの肖像画を描かせるのである。それを日夜、自分の部屋に飾って眺めていれば、恋人と遠く離れている苦しさも、少しはやわらぐのではないかと考えたのだった。

早速、画家を探す仕事をはじめた。当時のヴェネツィアは、その豊かな富と自由に惹《ひ》かれて、多くの画家が集まっていたから、探すのは簡単なようだが、実はそうではなかった。ガレアッツォの、口には出さないにしても心中に持っていた条件というのが、案外とうるさいものだったからである。

まず第一に、あまり有名な画家には頼めなかった。彼らは、共和国政府や大商人からの依頼で忙しく、ガレアッツォの身分では、費用が高くついて支払えないからである。かといって、平凡な才能の画家にも頼めない。愛する人の、しかもグリマーニ家の夫人の肖像画ともなれば、それ相応の出来でなければ困るからだ。また、あまり若くて美男の画家も、選ぶ気になれなかった。長時間を夫人と過す相手は、ガレアッツォの安心できる男でなければならない。そんな時あの男に会えたのは、探しあぐねてあせっていたガレアッツォにとって、これ以上の適任はいないと思えたほどだった。スコルッチョという名のその画家は、三十を少し越していて、腕は立つとの噂だったが、弟子を持つほどの身分ではなく、中背で頑丈な身体つきで、しかも醜い男だったからである。ただし、眼つきの傲慢不遜《ごうまんふそん》なところが気にならないでもなかったが、画家や彫刻家は普通の人々とはちがうと思っているガレアッツォには、それさえも、才能がありながら十分に世間に認められていない証拠と思えたのだった。話は成立した。スコルッチョは、毎日グリマーニ家へ通い、夫人の肖像画を描くことになった。完成するのに、一カ月はかかるだろう、と画家は言った。完成次第、絵はローマへ送られることにもなっていた。ガレアッツォは、ようやく重荷をおろした思いで、ローマへ発《た》つことができたのである。

一カ月が過ぎた。ヴェネツィアからは何の知らせもない。ビアンカは、以前から手紙など書かないほうだったから、彼女からの便りのないのは、ガレアッツォも心配しなかった。それでも彼のほうは、三日にあげず手紙を書き送っていたのである。二カ月目も過ぎる。ガレアッツォがつかえている枢機卿が、ローマ郊外に避暑に行ってしまった法王の代りに、ローマに残って政務をみる役を与えられたため、ローマの酷暑も気にならないほど、ガレアッツォにとっては忙しい毎日が過ぎていた。しかし、三カ月目も過ぎようとする頃になって、さすがのガレアッツォも気になりだした。何かが起ったのだ、と思いだしたら、もう仕事も手につかなくなってしまった。主君の枢機卿に、ヴィチェンツァにいる母が病気ということで見舞いたい、と申しでた。秋に入って法王もローマへ帰っていた頃とて、また、夏の間のガレアッツォの献身的な仕事ぶりに満足してもいた枢機卿は、快く、法王庁発行の通行許可証までそえて、ガレアッツォに休暇を与えた。若者は、心中の不安を押しかくして、直ちにローマを発って北へ向った。旅に四日間を費やす。キオッジアからはしけに乗ってヴェネツィアへ着いたのは、夜気が運河をおおいはじめた時刻になっていた。はしけを降りてすぐに目に入った旅宿で、ほこりにまみれた旅装をとくのももどかしげに、その足でグリマーニ家の門をたたいた。だが、応対に出た召使は、奥様は外出して不在と言う。それでは先に画家のところへ行こうと思い、グリマーニ家からしばらく歩かねばならない庶民地区にある、スコルッチョの家へ向った。

狭い石の階段を登りつめたところに、画家は一人で住んでいるはずだった。扉をたたこうとしてこぶしをあてた時、古い木の扉は、鍵《かぎ》もかけてなかったらしく開いた。中へ向って声をかけようとしたガレアッツォは、思わずその声をのみこんだ。扉のすき間から、けたたましい女の笑い声が聴えたからである。ここはひとまず去って、あらためて引き返そうと思ったガレアッツォが扉を閉めようとしていたところに、一人の女が顔を出した。古い扉のきしむ音を聴いたからであろう。若者は、その見知らぬ女、だが一見して娼婦と見分けられる若い女の顔を見ても驚かなかったが、その女が、以前に一度見ておぼえているグリマーニの奥方の衣装を身にまとっているのを見たとたん、そこに立ちすくんでしまった。女は、そんなガレアッツォを眺めて、もう一度みだらな笑い声をたて、彼にぴったりとつくようにして、家の中に押しこみ、後ろ手で扉を閉めたのである。予想だにもしなかった光景が、若者の前に立ちふさがった。

グリマーニの奥方、ヴェネツィア第一の美貌《びぼう》と教養を誇ったビアンカは、娼婦の着ける黄色い袖《そで》の服をだらしなく身にまとい、長椅子《ながいす》に腰かけていた。胸もとはぐっと押しあけられて、豊かな乳房は二つともあらわにはみ出している。乳房のすぐ下までたくしあげられた服の下には、派手な色の靴下のほかは、何も着けていない。高い台つきのサンダル風の靴をはいている両脚は、ただでさえ高く押しあげられているうえに、左右に広く開かれて、娼家で、女たちが客を前にしてする姿勢そのままであった。しかも、最下級の娼家でしか見られないような。

ビアンカは、立ちすくむガレアッツォに気づいても、その官能に濁った眼に、何の変化も見せなかった。画家も、ちらとガレアッツォを眺めただけで、あとは無言で画筆を動かしている。

重苦しい空気を破るのは、ビアンカに服を貸したために、かえって今まで着けたこともない豪華な衣装を身にできて面白がっている娼婦の、鏡の前でたてる白痴的な笑い声だけだった。

どのようにしてあの家から逃げだしてきたか、ガレアッツォは知らない。気がついてみたら、小運河に降りる石の階段に腰をおろし、夜になって満ちてきた海水が、足の先をぬらしていた。若者は、考える力をすっかり失ってしまっていた。満潮のために暗くよどむ水の面に、猫の死《し》骸《がい》がゆらゆらと浮いているのを、ぼんやりといつまでも眺めていた。

グリマーニの奥方は、画家から、このようなあつかいをはじめから受けたのではない。十日ばかりの間は、画家のほうがグリマーニ家に通っていたのだった。グリマーニ夫人は、ガレアッツォが最も好んでいた白い衣装を着けて、大運河を見おろす大きな窓から午後の光がやわらかく入ってくる中で、しゅす張りの椅子にゆったりと腰をおろした姿で、画家の前にポーズを取ったのだった。

画家の筆が、大貴族の奥方のように堂々と気品に満ちた肖像画を、下描きまで完成した頃である。スコルッチョは夫人に向い、背景の道具だてが気に入らない、一度、わたしの画室まで足を運んでいただくわけにはいかないだろうか、と言った。ビアンカは、好奇心も手伝って、簡単に承知した。だが、召使も連れず、地味なマントをはおって訪れた夫人を、薄暗い画室に導いた画家は、いつもとちがって、一時間かそこらでは夫人を解放しなかった。いつのまにか、夜になっていた。夫人が、画家の眼つきが暗い光で射るように光りだしたのに気づいたのと、いつのまにかそばに近づいたスコルッチョが、乱暴な仕ぐさで、夫人の豪華なレースで埋まった胸もとを押し広げたのと、ほとんど同じ瞬間の出来事だった。ビアンカは、最初のうちは啞《あ》然《ぜん》として動けなかった。だが、次の瞬間に自分を取りもどしても、乱れた胸もとをなおし、決然と立ち去らねばという思いは、彼女の頭の中を一瞬通りすぎただけだった。グリマーニの奥方は、前につき出された鏡のにごった面に、みだらなかっこうにされた自分の姿がうつっているのを眺めても、そのまま放心したように動けないのだった。画家は、そんな彼女を見てもう一度近づき、今度は小刀でもって、乳房の下から腹部のほとんどをしめつけていたコルセットのしめひもをバラリと斬《き》った。露《あら》わにされたその部分と、反対に、乱れなく結い上げられた見事な髪と豪華な衣装にかくされている腰から下とがかもしだす不調和が、完全な裸体にされたよりも、夫人を強烈な快感でかなしばりにした。

夫人は、その翌日もその次の日も、画家の命令どおり、夕闇《ゆうやみ》の迫る時刻に、人眼を避けるために裏通りばかりを通って、庶民地区にある画家のもとに通いだしたのである。ローマにいる純真な若者の送ってくる手紙が、読まれもせずに捨てられるようになったのは、ちょうどその頃のことだった。

画家は、夫人を思いのままにあつかった。一糸もまとわぬ裸体にされて、そのまま長時間、みだらな姿態で放って置かれたこともあった。だが、どれほど恥ずかしい要求をされても、夫人は、犬のように従った。いや、もっと屈辱に満ちたあつかいをしてくれないかと、自分のほうから画家の足もとにひざまずいて、哀願さえしたこともある。ある夜など、いつもの時刻に行ってみると、画家は娼婦とたわむれていた。一部屋しかない家である。そこで待っていろという画家の言葉に、夫人は、彼らの楽しみが終るまでの長い間を、部屋の中に立って待った。そして、金《かね》を払ってやれと画家に言われて、あや絹の小さな袋から金貨を一つとりだして、娼婦に手渡しさえした。娼婦の値など知らない夫人は、法外な額を支払ってしまい、有頂天になった商売女は馬鹿にしたように笑ったが、金貨の大小など、夫人の胸中にはなかったのである。ただ、画家だけがその光景を、残酷な好奇心をあらわにして見ていた。次の夜から、この女も加わるようになった。夫人は、娼婦の服を着させられて、それらしい姿態をとらされたり、椅子に坐る女の背後から、乱れた金髪をくしけずらされもした。くしが髪に少しでもひっかかったりすると、女はかなきり声をあげてののしり、時には、夫人を打ちすえさえもした。ヴェネツィア一の美しく教養のあるグリマーニの奥方は、強い快感にふるえながら、そのすべてに耐えつづけた。

しかし、昼間の彼女はちがっていた。グリマーニの屋敷を訪れる人々を、どんなに身分の高い客とも、気品に満ちた態度で応対し、その人々の賞讃を浴びるのに慣れた、いつものビアンカであった。夜のビアンカなど、昼間の彼女のどんな小さな仕ぐさからも想像できなかった。ヴェネツィア中で彼女の秘密を知っているのは、ほかならぬ彼女自身と画家スコルッチョだけだった。

画家も、昼間の彼女の生活をこわそうとはしなかった。もしかすると、その両面を楽しんでいたのかもしれない。いつかなど昼食の前に、橋の上で出会ったことがあった。召使を連れたグリマーニの奥方が橋の上にさしかかると、そこで同業者らしい二、三人と話していたスコルッチョは、話を切り、うやうやしく夫人に向って腰をまげた。夫人のほうは、ちらりと画家に眼をやっただけで、そのまま通りすぎた。背後で、同業者らしい男の声で、あいかわらずグリマーニの奥方は美しい、と言うのが聴え、まったくと同感するスコルッチョの声が重なったのを、夫人は、何の感情もなく聴いた。しかし、その夜、いつものように訪れた夫人を待っていたのは、一段と手ひどいあつかいだった。豪華な髪飾りをちりばめて結い上げた髪と首飾りのほかは何ひとつ身に着けるのを許されないかっこうで、夫人は、けたたましく笑う娼婦の足もとを、はいずりまわらされたのである。

ガレアッツォはその夜、旅館に帰らなかった。昨夜の出来事は、彼には悪夢を見たとしか、どうしても思えなかった。陽が高くなるのを待って、彼は、グリマーニ家の門をたたいた。召使が出てきて、夫人が会うと言っていると伝えた。見おぼえのある大運河ぞいの明るい部屋に通されたガレアッツォの前に、待つ間もなくビアンカがあらわれた。良質の布地で上品に仕立てられた朝の衣装を着けた夫人は、気品に満ちた微笑をたたえながら、昨夜のことには一言もふれず、ローマでのガレアッツォの新しい生活について聴きたがった。若者が話すことに、やさしいあいづちをうちながら。ガレアッツォの前にいるのは、彼の恋いこがれたあのグリマーニの奥方以外の誰でもなかった。若者は、魔法にでもかけられたかのような不可解な感情を、どう始末つけてよいのかわからないまま、ローマの法王庁で知った高名な人々について、とりとめもなく話しつづけた。だが、会話も終ろうとする時、夫人はただ一言、もうこれ以後訪ねてくださるな、無駄だから、と言った。その一言を口にした瞬間、夫人の眼が、昨夜ガレアッツォが見た、股を広げ、乳房を露わにした姿を画家の前にさらしていた時と同じ、官能の喜びに濁った眼になったのを、恋に苦しむ若者は見逃さなかった。ガレアッツォは、一言も言わず、夫人の前から立ち去った。

その夜、若者は、画家の家の近くの小路に身をかくして待った。夜半近くなって、まずビアンカが出てきて、足早に自分の屋敷の方角へ去って行った。しばらくして、画家が、娼婦ともつれあうように姿をあらわした。二人は、夫人の去ったのと反対の方角、魚市場や居酒屋の密集するリアルト橋の方角へ向って歩きだした。若者は、あとを追った。三つ目の角で、女が姿を消した。娼婦街の近くだったから、女は娼家にもどったのであろう。画家のほうは、しばらく歩いた後、一軒の居酒屋に入って行った。若者は、外で長い間待たねばならなかった。秋の夜の冷気が、石だたみの道にたたずむ若者の足先からはいあがり、黒い長マントで巻きつけても、身体中を冷たく固めてしまうようだった。若者が、頭をふり、足ぶみして、それに耐えようとした時である。居酒屋の扉が内に開いて、忘れもしない画家のずんぐりした姿が、内部の灯を背に黒く浮びでた。若者は、急いでこうもりのように壁に張りついて身をかくした。画家は、もと来た道を歩きだした。だいぶ飲んだとみえ、ゆらりゆらりと歩調は乱れがちだ。その背に、若者の暗く燃える眼が追いすがった。

画家の家に着くには、建物の下をくり抜いて出来ているトンネルのような小路を抜け、小運河の岸を十メートルほども行かねばならない。小路は、そこへ入る手前にあるマドンナ画像を照らす常夜燈のおかげで、入口だけは判別できるようになっていたが、中は真暗だった。画家の後ろ姿が、小路の中に消えたと同時に、若者は宙を飛ぶようにその背後に迫った。彼の右手には、いつのまにか短剣がにぎられている。そのまま画家の前に躍りでた若者は、正面から身体全体でぶつかっていた。短剣が、ぶすりと画家の腹部に吸いこまれる。次の一瞬、抜かれた短剣は、今度はのどに突き刺さった。腹から血が流れ出すのと、のどから血が噴き出すのと、ほとんど同時の出来事だった。画家は、声も出さずにその場に倒れた。若者は、短剣をにぎりしめた指先が血でべとべとに汚れるのもかまわずに、最後のとどめの一突きを、足もとに倒れた男の心臓めがけて、力いっぱい突き刺した。暗い中とてよくは見えなかったが、口から血とあわがいきおいよくあふれ出す音が、ぐわっと、二度三度とつづいた。その後、画家はもう息をしなかった。小路の入口のマドンナの常夜燈が、地面に横たわった黒いかたまりを、わずかな光で照らした。若者は、死体の足をつかみ、トンネル小路の出口まで引きずっていった。そして、音がしないように、少しずつ、運河の中へ死体をすべりこませた。付近の民家から投げ捨てたらしい食べ残しの骨や果実のくさったのが浮く水面に、死体は少しの間ただよっていたが、しばらくすると静かに沈んでいった。明けがたの引き潮時に、これらの廃棄物とともに、死体も海へ流されるであろう、と若者は思った。しかし、重い人間の身体のことだ、次の満潮時に、リドの海岸にうちあげられて発見される可能性のほうが強い、と考えたほうが安全だった。

ヴェネツィア共和国の警察の追及のしぶとさは知られている。それに、犯人処罰の厳しさでも有名だった。殺人は、斬首刑《ざんしゅけい》と決っていた。どれほど地位の高い人物でも、見逃されることはなかった。元首の息子もムーア人の奴隷《どれい》も、法の前には平等であったのだ。枢機卿の秘書官にすぎないガレアッツォには、死にたくないと思えば、選べる道はひとつしかなかった。共和国の法の及ばない他国へ逃げることである。ローマへは帰れない。殺人を犯した身で、もう一度もとの生活にもどれるわけがなかった。彼は、その翌朝早く、一番のはしけで、ヴェネツィアを後にした。枢機卿のくれた特別通行証のおかげで、早朝のあわただしい出発をあやしむ者はいなかった。はしけを降りた後は、一路、西をめざして旅した。三日後にミラノ領内に入った時、彼ははじめて、自分が安全な地にいると思うことができたのだった。


灰色の雲が低くたれこむ冬のミラノで、ガレアッツォは、明日のない日々をおくっていた。彼の学問の力をもってすれば、職を見つけるのに苦労はないはずだったが、人の眼を避けねばならない身では、それもうまくはいかない。人に頼まれて手紙を書いたり、帳簿の整理をしたりして、その日その日の生活のかてを得る毎日だった。

寒さと苦悩を忘れるためか、酒びたりの日が続いた。金《かね》さえにぎれば居酒屋に入りびたるガレアッツォからは、以前の知的な若々しさはすっかり姿を消していた。

そんなある日、旅宿も兼ねる居酒屋で、二人のミラノの商人が話しているのが、彼の耳に入った。ヴェネツィアで商売を終えて帰ってきたばかりらしいそのうちの一人が、こんなことを言ったのである。

「グリマーニはまったくやり手だ。彼なら人物も信用できるし、荷は安心してまかせられる。今回も、アレキサンドリアの高価で珍しい品を満載しての帰国で、わたしのまかせた武具の代金の代りの見事な品が見たかったら、明日でも倉庫に来たまえよ」

他の一人も、同感したように答えた。

「まったく、あれで上品で美しい貞淑な夫人がヴェネツィアで待っているのだから、男としてはこれ以上言うことはないね」

ガレアッツォは、二人の商人の卓に近づいていき、聞いた。

「スコルッチョという名の画家のことは知りませんか」

商人は、それはヴェネツィアの画家のことかねと聞いてから、その男かどうか知らないが、画家が一人殺され、リドの浜辺に打ち上げられたという話は噂《うわさ》で聞いた、と言った。

それだけだった。グリマーニの奥方と殺された画家の間になにかがあったと疑った者は、一人もいなかったらしい。なにもかも、以前にもどっただけなのだ。

ガレアッツォは居酒屋を出た。氷雨《ひさめ》の降る灰色の街が、その彼の眼の前に暗く立ちふさがっていた。

この話は、一人の司祭が書き残した、『ミラノの庶民の話』から取ったものである。

女法王ジョヴァンナ

私たち二十世紀に生きる女にとって、やろうとしてもやれないことは、もはや何ひとつないように思える。女の宇宙飛行士さえ出現したし、女の首相にいたってはすでに三人目で、首相とまではいかなくても大臣となると、その数は両手の指を折っても追いつかないであろう。女王は、ずっと昔から存在した。

ただし、ごく少数の例外はある。これらは、未《いま》だに女の前に、門戸をかたく閉じている。その中のひとつは、キリスト教界の首長である、ローマ法王の座であろう。二千年このかた、聖ペテロの後継者、神の地上での代理人とされている法王の三重冠を頭上にするのは、男ということになってきた。男にかぎるという法律があるのかどうか知らないが、男だけが選ばれるのを、誰も不思議に思わなかったことは確かである。ウーマン・リヴの猛女連も、法王の座を女にも解放せよとまでは、今のところ要求していない。

ところが、中世史を調べていた私は、このまったく女に縁のないように思われてきた地位に、どうやら一度だけ、女が坐ったらしいという史料を見つけたのである。十三世紀のもので、名をあげるのはやめるが、三人もの年代記作者が書いている。しかも、話はそれで終りではなく、十五世紀にも十六世紀にもあり、つい最近などは、映画にまでなった。

しかし、ローマ法王庁の公式記録には、まったく記載されていない。今世紀のはじめの頃までは、この女法王について書いた者は、破門されたほどである。だからというわけであろう、カトリックでないプロテスタントに、彼女について書いた人々が多い。カトリック教徒は、これを〝伝説〟と片づける。イタリアで最も権威ある百科全書『トレ・カーニ』も、伝説として、短くふれているだけだ。伝説ではない歴史的事実だと実証する史料が完備しているわけでもないので、歴史的事実だとするプロテスタント側の主張も、〝伝説〟説を完全にくつがえすことができないのである。

歴史には、あちこちにこういう話がころがっている。学者たちの講義する歴史には、このような明確でない話は影さえもおとさないが、それは、科学的に実証されたことしか講義しないという学者的良心のためであろうと、歴史学者でない私などは考えている。しかし、歴史は、史料といえども、あくまでも生身の人間が書いたものなのだ。それらが、どれだけ真実を書いたものか、私などは常に疑ってかかることにしている。有名人の残す回想録のたぐいが、自分に都合の悪いことにはふれていないものが多いのは、誰でも知っていることであろう。女法王が存在したなどということは、カトリック教会にとっては、はなはだ都合の悪いことであることだけは確かなのだ。

まあ、しちめんどうな議論はこれぐらいにして、この、未だに歴史的事実なのか伝説なのかはっきりしない話を、紹介してみようと思う。

時は、九世紀。暗黒の中世とされている時代の中でも、最も暗黒で、すなわち歴史上では、量的にも少なく、質的にも不明確な史料しか残っていず、科学的に実証するには、最も困難な時代の話である。

そう、女法王ジョヴァンナの話は、中世の庶民の想像力が創《つく》りだした、幻想か夢なのかもしれない。

母親の名は、ジュディッタと言った。金髪で、その地方の領主のアヒルの番をするのが、彼女の仕事だった。

ある時、宴会用のアヒルを選ぶために庭を降りた領主殿は、肥えたアヒルにも眼をとめながら、アヒル番の女にも眼をとめた。番小屋から領主の寝室に、彼女の場所は移る。だが、油ののったアヒルの丸焼きにも飽きる時があるように領主はまもなく、アヒル番の女にも飽きてしまった。家来の一人に、下げ渡される。家来も飽きた時、料理番に味わう番がまわってきた。料理番の次は皿洗い。皿洗いは、非常に信心深い男だったのだろう、修道士に譲った。

アヒル番の女と修道士の生活は、幸せに過ぎていった。修道士は、一日中、領主や豪族や商人の城や家をまわり、お祈りをしてやるかわりにもらう、パンのかたまりやチーズの一片や木の実を入れた袋を肩に、夕べの祈りの鐘の鳴る時刻に、小屋に帰ってきた。

ジュディッタは、遠くから夫の唱える讃美歌が聴えてくると、食卓の用意をはじめるのだった。食卓を用意するといっても、机の上に粗布を敷いて、その上に、家族共同の木の大皿を置き、牛の角のしゃくしを並べるだけであったが。暖炉の火に、乾いたまきを投げ入れるのも忘れなかった。部屋を暖めると同時に、火は、灯りの役目をした。ナプキンや燭台《しょくだい》やコップなどは、司教様の使うもので、普通の庶民の家には、縁のないものだった。貧しい夕食が終ると、二人は、やぎの皮を張り合わせた毛布に、一緒にくるまって寝るのだった。乾いたわらを積んだだけの寝台の上に。

この二人がイギリスを離れ、ドイツに流れついたのはなぜかとなると、まったくはっきりしない。ただ、ドイツ、当時はフランスやイタリアまでふくめたフランク王国の領地を、一緒にまわっていたと言う。

歴史とは、史料を集めるのだけではことは足りなくて、それらの史料の欠けている部分を推理でおぎなうのも重要な仕事だから、それでいくと、ジョヴァンナの両親が、なぜ海を渡ってまでドイツに来たのかも、二つの点で推理は可能なのである。

第一は、ヨーロッパ大陸は、シャルル大帝（日本の教科書ではドイツ風にカール大帝と呼ぶのが多い）の頃に統一されて、現代のドイツ、フランス、イタリアをふくめたフランク王国が出来たわけだが、統一と言うことは征服のための戦争ばかりやっていたと言うことで、キリスト教国になったとはいえ、修道院や修道士の質と量は、イギリスのほうがずっと進んでいた。だから、当時は、この方面の先進国イギリスが、修道士などの輸出国であったのである。貧しい下級の修道士であったジョヴァンナの父親も、名指しではなかったにちがいないが、他の修道士たちといっしょくたにされて、良く言えば招聘《しょうへい》、より事実に近い言葉を使えば、出稼ぎのために大陸へ渡ったのにちがいない。

第二の推理の立脚点だが、それは、ヒッピーとは現代の独創産物ではないということにある。教科書を読むと、中世の人々は自分の生れた土地から離れられないような印象を受けるが、それは百姓にかぎったことで、と言っても百姓も大挙して移動したりするが、人々は意外に、あちこちを自由にうろついていたのである。もう少し後の十三世紀頃になると、イタリアの大学の外国人学生の数は、その地の出身者の数よりもずっと多かったほどだ。

このヒッピー的現象の最大のものは、十一世紀にはじまる十字軍であろう。あれには、騎士や武将ばかりが参加したのではない。百姓ぐらしがいやになった連中が、一家総出でくり出したのである。現代のヒッピーと中世の彼らとのちがいは、現代のヒッピーが、薄汚ないかっこうで坐って歌など歌っているのに反して、薄汚ないのは同じでも、神がそれを望んでおられるの一言だけをとなえながらパレスティナくんだりまでうろつき、回教徒を殺しまくったことぐらいであろう。ほんとうは、殺すつもりが殺されてしまったほうが多いのだけど。

いずれにしても、十一世紀のヒッピーよりは平和的で、二十世紀のヒッピーに比べれば働き者だったらしいジョヴァンナの両親は、インゲルハイムあたりをうろついていた頃、西暦八一八年、女の子を得た。ジョヴァンナである。

ドイツで生れたとはいえ、サクソン系のイギリス人を両親に持っているのだから、ジョーンと呼ぶべきかもしれない。だが、ジョーンなどと言うと、どうもヒッピー風の娘っ子を連想させて、のちに法王にまでなる女学者にはふさわしくないように思える。それに、当時は、英語はまだちゃんと存在しておらず、当時のヨーロッパ語だったラテン語が広く使われていたので、それならラテン風に、ヨハンナと呼ぶべきかもしれない。しかし、女法王の伝説は、イタリアで（もし伝説ならばだが）作られ広まったことを考えれば、やはりイタリア風にジョヴァンナとするほうが、最もふさわしいとも考えられる。

いずれにしても、のちの法王ジョヴァンナは、ローマの七不思議の一つとされたほどの学者になった後はともかくとして、その前は、ジョーンと呼ぶほうがふさわしい感じの、はなはだヒッピー的な娘っ子でしかなかった。親子三人は、修道士である父親の仕事の、洗礼や埋葬やミサをやりながら、ドイツやフランスの各地方をうろついていたのであろう。その頃のジョヴァンナのオモチャといえば、十字架や聖者の骨であったにちがいない。

彼女が八歳の時に、母親が死ぬ。父親は、常に夫に忠実だった妻の死に打撃を受けたのか、ひどく老《ふ》けこんでしまった。もう、洗礼や葬式やミサをするのは、弱った身体には耐えがたい重労働だと感じはじめた。彼は、もっと簡単に苦労なく生きていける方法を見つける。可愛《かわい》らしく利発に育っているジョヴァンナに、仕事ができたのだ。父親は、ジョヴァンナを連れて、豪族や金持の商人の家をまわりはじめた。誰それの家で今日宴《うたげ》があるという情報は、朝がた広場に立つ市《いち》へ行っていれば、そこへ買物に来る召使たちの話で、すぐに見当がつく。父親は、宴のはじまる頃合いを見はからって、その家の扉の前に、ジョヴァンナの手をひいて立つのだった。

修道士とその幼い娘に門前払いをくわせる家は、ほとんどなかった。現代とは比べようもないほど、当時の人々はやさしく、信心深い行為をしたがっていた。

老いた修道士と娘は、主人や客たちが盛んな食欲を発揮している食卓の前に立つ。父親は、小さな娘の手を取り、こんな風に娘に向って問いはじめる。

「娘よ、舌はなんの役をするのかね？」

「空気を鞭《むち》打つため」

「空気とはなにかね？」

「人生の要素」

「人生とはなにかね？」

「幸福な人にとっては楽しみ、貧しい人にとっては苦痛、そして、すべての人々にとって、それは死がやって来るまでの間」

「死とはなにかね？」

「人の知らない岸辺への追放」

「岸辺とはなにかね？」

「海が終るところ」

「海とはなにかね？」

「お魚たちの家」

「魚とはなにかね？」

「食卓の上のごちそう」

「ごちそうとはなにかね？」

「上手な料理人の作った芸術品」

ここで拍手が起る。だが、ジョヴァンナの仕事は、これで終ったわけではなかった。父親は、主人や客たちに向って、キリスト教についてなんでも質問してくれるよう、娘が答えるから、と言う。食卓についている人々は、面白がっていろいろな質問をした。生れた時から、お祈りや讃美歌の中で育ったジョヴァンナである。門前の小僧ぶりも、まことに自然で、むずかしい教理上のことをきかれても、あどけなく、しかしそれでいて、大人たちをふと考えこませるような答えをするから、大人たちは、おおいに感心するのだった。拍手と讃嘆の声が一段と高くなった頃合いを見はからって、父親が、娘の背中をそっと押す。ジョヴァンナも心得たもので、エプロンを両手で広げ、主人や客たちの前に立つ。エプロンの中には、見るまに銅貨が貯《た》まった。中には、銀貨を投げこむ者もいた。女客たちは、金を入れる代りとでも思っているのか、ジョヴァンナの金髪のちぢれ毛と青い眼の間に、チュッとキスをする。

客たちが楽しんでいるのが、まるで自分の歓待のおかげのように思って得意気な主人は、召使に、この親子に十分な食事と寝床を与えてやれと命ずるほど、鷹揚《おうよう》になるのが常だった。と言うわけで、ジョヴァンナと父親は、台所へ連れて行かれ、客たちほどではなくても、上等で量も多い料理を、たらふく食べることができた。暖かい寝床、そして翌日の朝食まで加えれば二食分ものタダ喰い。彼ら親子の生活は、苦労の末に死んだ母親が気の毒に思われるほど、豊かになった。こんな生活が、五年続いた。

ジョヴァンナが十三歳になった年、父親が死んだ。十三歳と言えば現代では子供あつかいだが、当時は、十五歳になっても嫁入り先の決らない娘は、もう行き遅れとされる。だから、十三歳は立派な娘だった。

旅の途中、突然に死んだ父親は、残していく娘の身のふりかたなど決めておいてくれなかったが、曲りなりにも修道士の娘である。ジョヴァンナは、深く考えるまでもなく、尼僧院《にそういん》の門をたたいた。その僧院はベネディクト派に属していたが、彼女は、最も近い僧院の扉を押したにすぎないので、ジョヴァンナが、特別にベネディクト派に好意をもっていたわけではない。

尼僧院長は、彼女を暖かく迎え入れ、ヴェールと一足のサンダルと部屋を欲しい、すなわち尼になりたいと言うジョヴァンナに、規則どおりの十カ月間の試練を経れば許すと答えた。

尼僧院長は、まもなく、ジョヴァンナの博識と利発さに気づき、彼女を、僧院の図書館の係りに任命した。僧院の図書館と言っても、六十七冊の書物があるだけのものだったが、当時の野蛮国ドイツにしては、これでも相当なものだったのである。それだけにこの役目は重要で、院長の新入りに対する、特別な関心を示していると、同僚たちが、彼女を白い眼で見はじめる原因になった。

ジョヴァンナは、やはり少し変っていた。とくに、祈りや労働の時間以外の自由時間に、他の尼たちは、グループを組んで散歩しながら、上位の尼たちの悪口を言い合ったり、秘《ひそ》かに情を通じている外の男たちとのことをしゃべったりする時も、ジョヴァンナだけは、そういう話題に加わる気にどうしてもなれず、樹陰で本を読んだりしていたものだから、図書館係りという特別な任務を与えられたことへの嫉妬《しっと》も手伝って、同僚の評判は悪くなる一方だった。

そんな環境では、やることは決っている。他人の思惑《おもわく》など気にせず、自分の今やれることだけに熱中することだ。ジョヴァンナは、六十七冊の書物の大部分を、ほとんど暗記するほど勉強した。だが、いくら勉強しても、この尼僧院の中では、それを話せる人もいない。孤独な時間の多いのをよいことに、ジョヴァンナは、自分で質問をし、自分で答えるのに楽しみを見いだしていた。彼女は、自分自身でも気づかぬまに、こうして、キリスト教の教理のどんな小さな部分にも通じはじめていたのである。すなわち、神学者になりつつあったのだ。学者とは、他人から見れば重要でないような小さなことに、通じている人々のことなのだから。

ところが、幸か不幸か、ジョヴァンナは、学者的素質に加えて、哲学者的傾向も兼ねそなえていたらしい。小さなことを知るだけでは、満足せず、根本的な問題について考えはじめたのである。

われわれは何者だろう、いったいどこから来て、どこへ行くのだろう、と。少女時代のように、人の知らない岸辺への追放、なんて答えて済む幸福な年代は、もう過ぎ去っていた。

しかし、このような大きな問題は、六十七冊の書物を読破したからとて、解決など出来はしない。それに、こういうことを話し合う仲間も、彼女は持っていなかった。ジョヴァンナは、食欲も進まなくなり、眠りも浅くなり、髪もくしけずらず、顔も洗わなくなった。血ばしった眼で、一日中、うす暗い部屋の中で、書物を前にしながら、眼はそれを追いながらも、気持がいっこうについていかなくなった。今で言えば、ノイローゼにかかっていたのであろう。

そんなある日、部屋の扉が開いて、尼僧院長が入って来た。院長の背後に、ベネディクト派の僧衣を着た、若い修道士の姿もあった。院長は、椅子《いす》から立ち上ったジョヴァンナに向い、こう告げた。

「フルメンツィオ僧です。この方の属する僧院の長が、不信教徒への伝道をはじめられるので、それに、金文字の聖書が必要と言われ、こちらにある最も美しい筆写の聖書を、金文字で写し換えたのを欲しいと言われます。明日から、フルメンツィオ僧と協力して、その仕事をはじめるように。食事は、この大切な仕事のためにと、私と同じ料理をこの部屋に運ばせましょう」

当時の尼僧院長は、スタンダールの書いた『カストロの尼』などとちがって、大部分が聖女であった。聖女は、若い男女を小さな部屋に一日中二人だけで置いて、なにが起りそうかなどということは、自分自身が想像もつかないことなのだから、心配などしない人々のことである。と言うわけで、若い僧を紹介しただけで、その日は、彼を連れて去って行った。ジョヴァンナは、部屋に一つだけ開けられた小さな窓に眼をやった。窓の外は、若い緑が匂《にお》う春になっていることに、彼女は、はじめて気づいたのだった。

春。今でも春は、若い心に生命力をふきこんで乱したりするものだ。それを知っている宣伝関係者は、ヤングの季節、などとおだてては売ってもうける。しかし、中世のさなかの当時は、宣伝マンはいなかったが、季節の差をまどわす暖房も冷房もない時代だけに、人々は、草木や動物と同じように、春の到来に実に敏感に応じるだけ、よほど素朴に出来ていた。

尼僧ジョヴァンナと僧フルメンツィオの二人は、それでも、十七歳と十八歳の年齢にもかかわらず、はじめのうちは、まかされた大切な仕事に熱中していた。筆写は、夜まで続くことが多かったが、精神の集中を必要とする細かい仕事だけに、二人は、ほとんど口もきかずに、仕事に精を出す日が続いた。

しかし、小さな部屋で、机の上に身をこごめて仕事していれば、時には、お互いの手がふれたりすることもある。二人して不明確な箇所を検討し合うような時には、若者の熱い息吹《いぶ》きが、ジョヴァンナの頬にかかる時もあった。そのうえ、ジョヴァンナは、単に言われたことだけをする手伝いにしては、少々頭が良すぎた。若い僧の疑問に対して、フルメンツィオがふと見直すほど、正確な答えをした。そんな時、フルメンツィオの感心したように見つめる眼差《まなざ》しを、ジョヴァンナは、ちょっとまぶしいように、恥じらいをたたえながらそらしたりした。若い二人の間に、恋と呼ぶものが生れはじめていたのだ。

だが、無情にも、筆写の仕事は終りに近づきつつあった。この仕事の完成は、二人を離す時の到来を意味することを、もはや二人とも、痛いほどに感じていた。しかし、それだからと言って、出来上りつつある金文字の羊皮紙の束を捨て、まだ完成には間があると尼僧院長に嘘《うそ》をつくにしては、二人はまじめでありすぎた。ジョヴァンナが読み、フルメンツィオが筆写していく二人の仕事の速度は、眼に見えて落ちていったが、それでも仕事は、着実に終りに近づいていた。

最後の一行を読み終え、それを金のインクにひたしたペンで筆写するフルメンツィオを、ジョヴァンナは静かに眺めているようだったが、やはり、気持がゆらいでいたのであろう、彼女が手にしていた書物が、音をたてて床に落ちた。二人は、はっとしてお互いの眼を見合った。言葉など、その瞬間の二人には必要ではなかった。若い僧も、ペンを置いた。

翌日、金文字の羊皮紙の束をかかえて、フルメンツィオはろばで、尼僧院を去って行った。ジョヴァンナは、別れの時、他の尼たちも同席していたこともあって、涙ひとつ流さなかったが、一人になった日が、一日また一日と過ぎていくうちに、狂おしいほどの慕情に身を焼きはじめる自分を感じていた。

彼女はわかったのである。どんなに高尚で根本的な学問に頭を使おうとも、それだけでは満足できない自分を。知的な雰囲気よりも、暖かい男の胸と力強い男の腕が、どれほど心を安らかにしてくれることか。その安らかさこそ今の自分に欠けていることだと、彼女には、はじめてわかったのだった。季節は、夏に入っていた。

そんなある日、尼僧院の中庭の池のほとりに坐り、なすこともなく指で水をかきわけているジョヴァンナに、庭番の男が、注意深くあたりに眼をくばりながら近づいてきた。そして、すばやくジョヴァンナの尼僧衣のひだに、折りたたんだ紙をさしこみ、そのまま早足で去って行った。ジョヴァンナは、衣のひだの下に手をやり、その紙をつかんだまま立ち上がり、自室へもどった。彼女には、ある予感があった。自室の扉を内側からかたく閉め、扉を背で押えてから、はじめて彼女は、その紙を開いた。そこには、見慣れたフルメンツィオの筆で、こう書いてあった。

「フルメンツィオ僧より、ジョヴァンナ尼へ、神の無限の慈愛と救済を待ち望みながら

鹿《しか》が清く流れる水を求めるように、わたしの心もあなたを求めているのです。乾きを満たしてほしいこの願望は、わたしの眼を、乾きとは反対に、おびただしい水の流れ落ちる滝のように変えてしまいました。

飢えた人は、せめてパンを夢見たいと願うもの。しかし、わたしは、あなたと、せめて夢の中ででも会いたいと願いながら、それさえもできません。

それで、わたしは、ろばの背にまたがり、あなたのいる僧院の近くまで、やって来てしまったのです。

会いに来てください、愛する人よ。聖女ボーナの墓で、月の光があたりを満たす頃に。」

この恋文の大部分が、旧約聖書の中の文の引用ではないかと、笑ってはいけない。昨今の恋人たちは、（恋文を書けばの話だが）五木寛之や庄司薫の小説から、ちょっと借用してきて恋文をつくり上げてしまうではないか。九世紀の恋人たちは、借用するにも青春小説などない時代に生きていたのだから、旧約聖書一冊というバリエーションのなさも、いたしかたなかったのである。まして、修道士のフルメンツィオにとってもジョヴァンナにとっても、聖書は、最も親しみのある便利なものであった。

晩鐘が鳴り、僧院全体が夕べの祈りのために静まりかえっている時刻、ジョヴァンナは、脱いだサンダルを右手に、左手で尼僧衣のすそをたくしあげ、草をはうへびのように音もなく、尼僧院の扉をすべり出た。僧院の高い石塀が、草むらの陰に姿を消そうという頃になって、はじめて彼女はサンダルをはいた。そして、後もふり返らずに、足早に歩きだした。

小一時間も歩き続けた頃、聖女ボーナの墓を囲む樹々が見えてきた。

フルメンツィオは、すでに先に着いて待っていた。彼の坐っている墓石のかたわらの木には、ろばがつながれていた。ジョヴァンナが近づくと、フルメンツィオも立ち上がった。しかし、つらい別離の時を過した後、今ようやく二人だけになれたのに、彼らは、抱擁も接吻《せっぷん》もしなかった。それは、彼ら二人が冷静であったからではなく、すぐそばの墓の下にいるのが、ジョヴァンナのいた尼僧院の創立者だった聖女ボーナで、これには、どうも二人とも遠慮したのであろう。フルメンツィオは、ろばにまたがり、ジョヴァンナも、それがごく自然な行為であるかのように、彼に続いた。哀れなのはろばで、二倍の重量を背おう羽目におちいったのである。

ジョヴァンナは、両手をフルメンツィオの腰にまわし、顔を恋人の背にもたせかけ、ろばにゆられて行った。彼女は、大声をあげそうなほどの喜びにあふれていたけれど、恋人に、これからどこへ行くのかと、たずねもしなかった。ろばの手綱を持つフルメンツィオのほうも、どこそこへ行くつもりだ、などとも説明しなかった。一晩中、二人は旅を続けた。

夜明けの白い光が、あたりをほの明るくしてくる頃、さすがに疲れた二人は、樹の下に腰をおろして一休みすることにした。ろばが水を飲んでいるのを見ながら、フルメンツィオは、それまでろばの背にゆわえつけておいた袋の口を開け、パンのかたまりを出し、ジョヴァンナに手渡しながら、もう一つのものも取り出して、彼女に言った。

「これに着換えたほうがよい」

ジョヴァンナは、それが、修道士の服、すなわち男の服だと知り、はげしく頭を振った。聖書だって、〝女は男の服を着てはならない、男も女の服を着てはならない〟と言っている、男装なんてとんでもないことだ、というのが彼女の答えだった。

二十世紀の今でも、教会によっては、パンタロンをはいた女が入るのを禁止しているところもあるのだ。

だが、フルメンツィオは、なおも考えを変えない。彼は説く。

「これから、自分の属す僧院へ行くつもりだ。だが、あなたを一眼見れば、僧院では、あなたは尼僧院へ、わたしは僧院へと、分れ分れにしてしまうだろう。あなたと分れて生きねばならないくらいなら、死んだほうがましだ。

でも、あなたが男装して修道士を装えば、わたしたち二人は、同じ場所に住めるし、筆写の仕事も、二人で一緒にやれるだろう。二人が近くで住むには、これしか道はないのです」

現代に生きる読者は、修道院などさっさと出て、俗人として結婚もし、二人で生きていけばよいではないかと思うであろう。しかし、あの時代、階級の上下を問わず、あらゆる人を両手を広げて迎え入れ、衣と食と住を、ちょっとした仕事の代償に与えてくれるような便利な機関は、修道院しかなかったのである。それに、幼い頃からその世界の中で育った二人にとっては、修道院こそ最も親しく、それから完全に離れてしまうなんて、考えられないことなのであった。

フルメンツィオがどんなふうにして、恋人を説得したのかはしらない。いずれにしても、ジョヴァンナは、ついに男装することを承知した。こうして、外見だけは若い修道士の二人連れは、なおも十日余りの旅を続けることになる。その間にいろいろなことがあったが、ある一つの事件だけは、ジョヴァンナをひどく当惑させた。それは、こうだ。

当時、肉欲の罪を犯した女は、裸体にされ、互いに鎖でつながれた二人一組で、そういう罪を清めてくれるとされていた聖マルチェリーノの墓まで、巡礼するという風習があった。長い髪を乱しただけの裸体なのだから、こういう巡礼は夏期と決っていたのは、せめてもの思いやりなのであろう。ジョヴァンナとフルメンツィオの二人が出会ったのも、これであった。

罪を犯した彼女たちは、二人の若い修道士を見かけると近づいて来て、例によって施しを求めた。少々のパンを施してくれれば、その代りに施主には聖マルチェリーノの御加護と祝福が与えられるだけでなく、わたしたちも、現世的祝福をあげましょう、と言うわけである。現世的祝福を与えれば、もっと肉欲の罪を犯すことになるではないかと考えるのは、中世的でないのだ。もうすでに一回犯してしまったのだし、それを清めるために巡礼にも出かけて来ているのだから、一回も百回も同じだというのが、はなはだ幸福な中世的罪の清め方なのである。と言うわけで、なんの後ろめたさもなく、ごくおおらかに、二人の女は二人の修道士に施しを求めたのであった。

フルメンツィオの連れがほんとうの男であったならば、話は、これまた中世的に楽しく終ったであろう。だが、具合の悪いことに、ジョヴァンニ僧（ジョヴァンナの男名）は、男装した女だった。二人の裸体の女の申し出に、ジョヴァンナは、僧衣の下で身体を固くし、頭巾《ずきん》を深くかぶり直し、フルメンツィオも、あわてて、持っていたパンをすべて与え、施しへの代償を主張する女たちをふり払うようにして、早々に逃げ出したのであった。

だが、これも無事に済んで、二人は、ようやく、目指す僧院にたどり着いた。

フルメンツィオは、早速、僧院長のところにジョヴァンナを連れて行き、自分の親戚《しんせき》でつい最近両親を亡《な》くし孤児になったので、ここへ入れてもらえないかと頼んだ。僧院長は、これまた聖人みたいな老人だから、疑ぐることなどはしない。それに、アングロ・サクソンの血を引くジョヴァンナは、今でも多くのイギリス女がそうであるように、すらりとした細身の身体つきで、顔も、髪さえ短く切ってしまえば、やさしい感じの男と変らない。丸くふくらみはじめた乳房だけは困ったが、これも、ひだの多い袋のような修道衣が、人の眼から上手に隠すのに役立った。こうして、男装のジョヴァンナは、ベネディクト派の修道士ジョヴァンニになった。

一つだけ困ったであろうことは、他の修道士たちが、ひげを生やしていたらどうしようということであったが、これまた、ジョヴァンナにとって都合の良いことに、ベネディクト派は、ひげを剃《そ》る規則になっていた。同じキリスト教であっても、宗派によって種々の規則があり、俗人は、それらで区別するわけだが、当時の記録では、ベネディクト派の特徴は、次のようになっている。

「ひげは剃り、上頭部も剃り、サンダルをはき、黒い下着はひざの下まで、上着はくるぶしまでの長さ、一日に三、四回は讃美歌を唱し、深夜に一度、カエルのような声で祈りをし、食物は選ばずなんでも食べ、ごくたまに、絶食をし、ごくごくたまに、身体を洗う……」

これでは、男装のジョヴァンナにも、あまり都合悪くはなかったはずである。まあ、こんなふうにして、ジョヴァンナの、僧院生活がはじまった。

彼女がいた頃の僧院長は、のちに聖人に列せられるラバーノ師であった。この老師は、未開国（オリエントやローマから見れば）のドイツの僧院になどはもったいない高僧と評判の人で、若い頃に、当時の知られた海はすべて航海し、多くの言語を話せ、そのうえ、天文学にも通じていると言われ、化学や教会法にもシロウトでないほか、産婦人科の医者でもあった。僧院長のような聖職者が、なぜ産婦人科に関係があるのかと疑うのは、これまた、中世の楽しさを知らない現代人の言うことである。ラバーノ師は、特別な医療器具の発明者だった。この、膣の中まで入る器具のおかげで、まだ産れない前の嬰児《えいじ》も洗礼が受けられることになり、死産の場合でも、嬰児たちは、天国へ入る前に煉獄《れんごく》で苦しまないでも済むようになったのであった。洗礼をしないで死ぬ者は、天国へ直行できず、煉獄で罪を清めてからというのが、キリスト教の規則であったからだ。死産や出産直後の嬰児死亡が多かった当時のことだ。これらの嬰児たちを救ったラバーノ師は、と言うわけで、聖人に列せられたのである。

ただし、中世までのキリスト教会は、こんなふうにして、やたらと聖人を増やしてしまい、一年の三百六十五日を一日ずつ、三百六十五人の聖人祝日に決めたのはよいが、それでは祝日を配分してもらえない聖人が続出し、これに困ったカトリック教会は、十一月一日を、〝オール聖人の祝日〟と決め、はみ出した聖人たちをいっしょくたにして、全員を祝うということにしたのだった。

こういういい加減なことではいけないと怒って、カトリックから離れたのが、プロテスタントである。だから、プロテスタントは、まじめかもしれないが、つまらないのだ。ドイツも、十六世紀にはルターという、まじめだがつまらない男のためにプロテスタントになるが、ジョヴァンナの生きた九世紀は、まだドイツも、いい加減だが楽しいカトリックの支配下にあった。

こんなふうにいい加減であったので、男だけの住むはずの僧院でも、ジョヴァンナの秘密は破られず、フルメンツィオのすぐとなりの部屋が与えられ、日中も、二人して仕事する日が、七年も続いた。いつかの筆写本の実績がものを言って、ここでも彼らの仕事は、古写本を、羊皮紙に筆写することだった。このまま事が起らなければ、彼ら二人の人生は、幸福にここで終ったかもしれない。ところが、ある一人の修道士の不眠症が、二人の平和を乱してしまった。

ある夜ふけ、例によって眠れぬ夜の長さをもてあましたこの僧は、いつになく、広い修道院のすみにある、ほとんど人の行かない古い礼拝堂の廃墟《はいきょ》へさまよいこんでしまった。その夜は、月もなかった。

だが、ここは、七年もの間、二人の恋人が、自分たちの秘かな楽しみの祭壇にしてきた場所だった。廃墟の石壁のそばに、乾《ほ》し草を敷きつめた寝床まで作り、二人がほんとうに一緒になりたい時に、ここへ来て寝たのである。その夜も、二人はここにいた。乾し草の寝床の上に眠る二人の上には、貧しい毛布がかけられ、二人の修道衣は、かたわらの石柱に掛けられていた。フルメンツィオの腕に頭をのせ、毛布がまくれて白い乳房がのぞくジョヴァンナの寝姿を、礼拝堂の壁にかかった聖母マリアのイコンの前に、これだけは今でも絶えまなくともっている常夜燈の小さな光が、やわらかくほのかに照らしていた。

これを、不眠症の修道士が見たのである。修道士は飛び上がるほど驚き、それで、その辺にころがっていた石につまずいた。ジョヴァンナもフルメンツィオも、同時に眼を覚ました。フルメンツィオは、思わず裸のままで、この侵入者に飛びかかっていった。二人が床をころがりながら争っている間に、ジョヴァンナも最初のショックから立ちなおり、修道衣を身につけることができた。男二人の争いは、まもなく終り、侵入者は、ほうほうのていで逃げて行った。フルメンツィオの手に、引き裂かれた僧衣の袖《そで》を残して。恋人二人は、互いに眼を見合って立ちすくんだ。これからどんなことが起るかは、言わないでも二人にはわかっていた。あの修道士は、すぐにも修道院中に知らせるだろう。いかにいい加減とはいえ、やはり修道院は修道院である。女が男装して住んでいるとわかっては、ちょっとそのまま放っておくわけにはいかない。二人に残された道はただ一つ、ここから逃げ出すことであった。恋人二人は、僧院の高い石塀を、手から血を出しながら越えた。あとは、ろばもない逃避行を、夜明けまでやすみなく続けるだけだった。

フルメンツィオとジョヴァンナは、実に不運な時期に逃避行を続けなければならないことに、まもなく気づかねばならなかった。ヨーロッパを統一したシャルル大帝の後、ルイ皇帝が統治を引き継いで、戦争もあまりなかったのに、この帝の死後、親族たちが争いを起し、あちこちで血の雨が降る乱世がはじまっていたのである。この時、後のドイツ、フランス、イタリアの土台ができることになるのだが、一介の修道士にすぎない二人には、このような国際政治上の問題などは関係ない。彼らにとっては、施しをしてくれる人も少なく、そここに死体のころがっている地方を旅しなければならないのが、苦の種と感じられただけだった。彼らは、少しでもこの地獄から抜け出そうと、ドイツから南下してスイスへ入った。

だが、スイスも、二人にとっては天国ではなかった。スイス人は昔から、金を持っている外国人にはひどく親切だ。これは現代にいたるまで続いていて、スイスの銀行は、カネさえ持ってくれば持主の名も隠してまで預かってくれる。ところが二人は、まったくの無一文で、反対に施しを乞《こ》うほうだった。こういう外国人には、スイス人は、山国の民族らしくすぐに閉鎖的になる。そのうえ、彼らは、元来細かいことにひどく執着する性質だった。これもまた、現代まで続いていて、精巧な時計など作るので有名だ。ただし、男と男装の女の一組にとっては、男装をあばかれたりして、はなはだ都合の悪いことであった。それでも、スイス人は、カネを持っていなくても男装した女でも、お上《かみ》に告げたりはしない。ただ、受け入れてくれないだけで、こういうのが平和的とされるところであろう。いずれにしても、二人にとっては居づらく、早々にスイスから逃げ出し、今度は、フランスへ入った。リヨンまで、たどり着いたのである。フランスも例外でなく、戦乱で狂ってはいたが、ジョヴァンナとフルメンツィオの二人は、ローアール河ぞいに、やさしい風景で眼をなぐさめながら、それでも腹は空っぽ、脚は棒のようになりながら、マルセーユまで行くことができた。この旅の途中でも、いろいろなことが起った。一度などは、一度の食事と一夜の寝床を乞うて扉の前に立った尼僧院では、二人を中に入れてそれらを施してくれたまではよかったが、尼僧院に預けられているこの地方の良家の娘たちが、あまりにも美男のジョヴァンナの修道士姿に夢中になり、これまたジョヴァンナとフルメンツィオの二人は、昔の聖女のように、ジョヴァンナが乳房を示して自分は女だと実証するわけにもいかないところから、早々にいとま乞いをするしかなかったこともあった。まあ、こんな具合で、マルセーユに着き、眼前に広がる地中海を、二人は、しばらくの間、飢えも脚の痛さも忘れて、眺めいったものだった。二人にとっては、これが、はじめて見る海であったのだ。

はじめて見る海であり、それも広い地中海なのだから、普通ならば、すぐにもそこに乗り出すことなど、考えられもしないことであろう。しかし、そこがやはり中世のヒッピーの面目躍如たるところで、ジョヴァンナとフルメンツィオは、たちまち、海へ出てみようという意見で一致した。

港には、その日、ヴェネツィアのガレー船が一隻《せき》停泊していた。ヴェネツィアからプロヴァンスの港々に停泊し、奴隷《どれい》を買入れ、オリエントの都まで持って行き、そこで奴隷を売り、代りに、香料や木綿布や聖者の骨（ということになっている）などを買い入れ、ヴェネツィアに帰って売るのが、こういう船の仕事であった。これらの品は、中世ヨーロッパ人が、先を争って買い求めたがる商品だったのである。ヴェネツィアだけではない。イタリアの他の都市国家ジェノヴァやアマルフィやピサも、同じような貿易で産をなしつつあった時代である。とくに奴隷売買は、聖者の遺物と並んで、中世の貿易商品の横綱格を誇っていた。キリスト教会は、しばしばこれに対して、人権蹂躙《じゅうりん》だと（こういう便利な言葉が存在していたかどうか知らないが）反対の意を示したのだが、戦いや山賊海賊の盛んな時代とて、捕虜の数には不足なく、売りたい人間はいっぱいおり、こういう売り手と買い手の両方からその下が捧《ささ》げられ、それでつい黙って見逃すのが普通になっていた。時々反対声明を出すのも、暗にその下を要求しての行為だったのかもしれない。

こういう事情もあって、ヴェネツィアのガレー船は、司教会館のすぐ前の港に、白昼堂々と帆をおろしていたのである。ジョヴァンナとフルメンツィオの二人がその船に近づいた時は、ガレー船は出港を目前にして、最後の準備に忙しかった。積み荷がはじまっていたのである。十六人の奴隷が、二人ずつ互いに鎖につながれ、八人の船員の見守る中を乗船していた。女が六人いた。

二人の修道士は、船長らしい皮の鞭《むち》を持った男の前へ行き、この船はどこまで行くのかとたずねた。エジプトのアレキサンドリアへ行くとの答えが、ぶっきらぼうに返ってきた。ジョヴァンナは、ほんとうは前から憧《あこが》れていたギリシアのアテネへ行きたかったのだが、同じ東地中海なら、アレキサンドリアまで行けば後はどうにかなるだろうと、ここがまたヒッピー的なところだが、二人は船長に、乗せてくれるよう頼んだ。船長は、二人の修道士姿を眺めて、彼らを同行させれば、悪いことをすると地獄へ行くと奴隷たちを説いてくれるにちがいないから、その方面のおどしと自分たちの鞭のおどしの二つがあれば、航海中の奴隷もおとなしくなろうと利口に考え、二人の同行を許したのだった。

ここで、読者が、聖職者の分際で奴隷貿易の船に乗るなどとはけしからんと、現代ふうに考えてもらっては困るのである。

歴史とは、現代人の感覚で読んでしまうと、話がいっこうに進まないだけでなく、少しも面白くなってしまうものである。あの時代はああであったかと思って読んでもらうと、歴史は面白いものになるのだ。それに、動物愛護を高らかに主張しながら、一方では、アーロン収容所あたりで日本人捕虜を動物以下にあつかったイギリス人のことを知ったら、中世の人々と、さて歴史の進歩とはなにかと、頭をかしげるにちがいない。

とかくするうち、ガレー船は出港した。修道士二人は、どこへなりとも坐っていてよろしいと言われたが、甲板の上の帆綱がとぐろを巻いている上を、日中の居場所と決め、そこに腰をおろした。海は静かに波ひとつなく、まるで油を流したよう、風もさわやかな微風が吹きぬけるだけ、太陽はあたり一面に暖かい光をふり撒《ま》き、船は、櫂《かい》のきしむ音だけを残して進む。二人には、歩かないですむだけでも、まるで天国であった。三日目に、コルシカ島に着いた。ここで船は一日停まり、新鮮な水や肉などを積みこむ。二人は、この間を利用して、島に上陸し、そこに祭られてある聖者の骨にお祈りを捧げに行ったりして楽しんだ。

ところが、コルシカを後にした頃から、風が強くなり、海が荒れはじめた。サルデーニャ島へ向う間というもの、二人は、徹底的に船酔いに苦しまされた。ぐったりして水も飲まないジョヴァンナを、自分も船酔いに苦しみながらフルメンツィオは、献身的に介抱するのだった。だが、サルデーニャ島からシチリア島のはしをまわる頃には、海もなぎ、ジョヴァンナも元気を回復した。二カ月間の船旅の後、ギリシアのコリントに着いた。

船長は、二人に、アテネに行きたいのなら、ここで降りて歩いて行ったほうがよかろうと言った。説明されてみれば、わざわざエジプトまで連れて行かれるよりも、ずっと早道なのは確かだ。ここはもうギリシアなのだから。ジョヴァンナもフルメンツィオも、自分たちの地理上の知識のなさを恥じながら、感謝して船長の忠告に従うことにした。

コリントからアテネへ向う道中は、若く好奇心の盛んな二人には、すべてが物珍しく楽しかった。天候にも恵まれていた。空は底のない海のように青く澄み、秋の陽は、すべてのものを光と影の明確な彫刻に変えていた。コンスタンチヌス大帝がキリスト教を認めてから五百年が過ぎていたが、その間に、愛の宗教であるはずのキリスト教が、いかに残酷に異教であるギリシアの世界を破壊しつくしたかも、二人は見たはずである。白い大理石の円柱の列も美しかった神殿は、円柱と円柱の間をふさがれて、醜い教会に姿を変え、白い衣の神官の姿を消した後には、黒衣でひげを長く伸ばした厳《いかめ》しいギリシア正教の僧たちがたむろしていたが、これもまた、現代の観光客ならば嘆くところを、中世の人々は、ジョヴァンナをふくめて、聖なるキリスト教の異教への勝利と、讃嘆の思いで眺めいったにちがいない。しかし、一般の庶民は、長いこと親しんできたギリシアの神々とそれを祭る祭りを、思い切れなかったらしい。海の神ポセイドンは、航海の守護聖人の聖ニコラスに、パンの神は、デメトリオス聖者、アポロもまた、聖エレアと姿を変え、一神教のはずのキリスト教の天下になっても、ギリシアの神々は、細々ながら生き続けていた。ジョヴァンナもフルメンツィオと共に、これらの神々（キリスト教では聖者）の祭典に参加したことであろう。こんなわけで、異教のメッカであるはずのアテネに対するジョヴァンナの強い憧れも、彼女の、そして当時のキリスト教の信仰にとっては、罪を感じて恥じいらねばならないことではなかったのである。こういうわけで二人とも、楽しい旅を続けた後、ついにアテネにたどり着いた。

念願のアテネに到着したとて、二人は、現代の観光客のように、すぐにアクロポリス見物などに直行はしない。知らない町に着いたらまず最初に二人がしてきたこと、すなわち、その町で最も大きな教会へ行き、ミサに参列することをしたのだった。ミサに参列すれば、このヒッピー的な二人にとっては、これまでの旅の無事を神に感謝することもできたし、この町での住と食が保証されるよう、神に願うこともできた。後者の祈りは、たいがいの場合、すぐに現実になった。ミサが終った時、司祭に近づき、それを頼みこめばよかったからである。というわけで、アテネでも、彼らは教会に直行した。

ミサは、すでにはじまっていた。二人の北ヨーロッパから来た旅人は、教会が破裂しそうなほど多くの人々がいるのに、まず驚いた。そして、それらの人々が、戦乱続きのヨーロッパの人々に比べて、ゆったりとし、身なりもずっと豊かなのにも驚いた。だが、ミサの長ったらしく複雑なのにも眼を見張った。当時は、西のローマ帝国は崩壊してすでに三百年近くが過ぎていたが、コンスタンティノポリスに首都を置く東ローマ帝国はまだ健在で、アテネも、東ローマ帝国、すなわちビザンツ帝国に属していた。ビザンツ帝国のやり方は、なんでも複雑に複雑を極めているのが特徴で、現代でも、小さなことにあきれるほどかかずり合うことを、ビザンツ風と呼ぶ言葉が残っているくらいである。

だが、その長ったらしいミサも終ると、北国から来た二人は、僧たちに取り巻かれ、質問責めにあう羽目におちいった。いわく、なぜひげをはやしていないのか、なぜ、僧衣の下にパンツをはいているのか、と。これには二人は、心底まいってしまった。住と食を頼む必要さえなければ、一目散に逃げ出してしまっていたかもしれない。ところが好都合なことに、司教が出てきて、僧たちの好奇心から、二人を解放してくれた。司教は、ちょうどよいところに来たと、二人を、アテネでも徳の高いことで有名な僧たちも来るという、夕食会に招いてくれた。二人は、願ってもない喜びと、ありがたくそれを受けた。

夕食会というのは、アクロポリスのふもとにある、司教邸の庭で開かれることになっていた。ジョヴァンナとフルメンツィオの二人が待っていると、招待客が続々と到着しはじめた。いずれも、徳の高い僧とされるだけに、外見からして、普通の修道士とは格段にちがっていた。

ある一人などは、あまりに長い間絶食していたため、腹の中の虫があいそをつかし、外に出ようとして、唇から、始終うじ虫のようなのがこぼれ落ちるのも、気にしないほどだった。

もう一人などは、絶対に顔も手足も洗わない修行をしていて、それだけでなく、料理したものも絶対に口にしない。なぜなら、彼に言わせれば、台所の火も地獄の永劫《えいごう》に尽きない火を思い出させるからだそうだ。

また、他の一人などは、皮膚病のために全身がかさぶたでおおわれ、かゆくてたまらないのにかかないという修行者であった。

もう一人などは、あかでかさかさになっている皮膚のしわの間に、しらみがたくさんいるのに、その中の一匹がふと卓上に落ちても、つぶすなどはとんでもなく、それをていねいに拾い、またもとの皮膚のしわの間にもどしてやるのだった。これは、天国に行った時、最も歓迎してもらうために、現世での肉体的苦痛は、どんな小さなことでも避けたくないという、彼の願いのあらわれであった。

その夜集まった徳の高いギリシア正教の修道士のすべてが、多少の差はあってもこういう具合の士であった。いずれも汚れて臭気がし、しらみだらけで痩《や》せ細っていた。中世ヨーロッパで、これらのことにはかなり慣れていたはずのジョヴァンナも、あまりのすさまじさに、気絶しそうになった。オリエントの聖者の修行ぶりというのは、かくまですさまじく人間離れしているものかと、あらためて感じいってしまったほどである。

細長い大理石の食卓の左右に坐った招待客の前に、料理が運ばれてきた。にんにくと月桂樹《げっけいじゅ》の葉の香りのただよう、やわらかい子山羊《こやぎ》の肉の焼いたのが山盛りの大皿、ゆでた魚をキャビアであえた料理、子羊を焼いてマルメロと蜂蜜《はちみつ》でさらに味つけしたもの。

調理法といっても丸焼きぐらいしかない北ヨーロッパの、単純で味つけなどは塩味しかない料理しか知らなかったジョヴァンナとフルメンツィオの二人には、この複雑な、これこそビザンツ風な料理は、まったく口に合わなかった。こういう料理を洗練された料理と言うのであろう。世界で最も洗練されていると定評のフランス料理なども、まことにビザンツ風の複雑な味を誇っているのだから。だが、残念なことに、中世の北ヨーロッパ人であるジョヴァンナたちには、洗練されていない彼らには、どうにも手の出ないしろものであった。

ぶどう酒も、一口飲んでみて、胃の中が火が点《つ》いたようになった。地中海のぶどう酒は強いのだ。ジョヴァンナも、ホメロスや古代ローマの書物でも読んでいたなら、彼らが水を割って飲んでいたことを知ったであろうし、割るための水を頼んだにちがいないのだが、こういう異教の書物などは一行も知らないで、聖書や聖人の書いたものばかり読んでいた二人なので、そういう智恵さえも浮ばない。二人は、ぜいたくで洗練された味の料理と香り高いぶどう酒を前にして、絶食期間に入った修道士のように、ただ坐っているだけだった。そんな彼らに比べて、高徳の修道士たちは、ここのところは修行はひとまず中止とでも決めたかのように、盛んな食欲を満足させるのに熱中していた。

夕食が終ると、修道士たちは、この北ヨーロッパからの遠来の客に向って、キリスト教の教義についてとくにギリシア正教とローマカトリック教のその差について、議論をふっかけてきた。だが、禅問答をビザンツ風に料理したようなそれらについて書くのは、はしょることにする。なにしろ、書くほうの私自身が、まったくチンプンカンプンなのだから。しかし、ジョヴァンナは、なかなかに理屈の通った答えをして、高徳のギリシアの僧たちを感服させたことだけをつけ加えておこう。

まもなく司教邸の庭を抜け出した二人は、そこから少し登れば着く、アクロポリスへ向った。おりから天空には、満月がかかり、紺青色《こんじょういろ》の夜空に、大理石のパルテノンの神殿が、青白く浮き出ている。北の国から来た二人は、この文字どおりの地中海的な美の極致に、言葉も忘れて立ちすくんでいた。

当時のパルテノンの神殿は、聖女マリア・パルテノスの聖廟《せいびょう》と言うことになっていたが、そんな小細工をろうした者を嘲笑《あざわら》うかのように、異教的な美で、キリスト教の信者たちを圧倒していたのである。ジョヴァンナは、もうそこを動く気を失っていた。彼女を心から愛するフルメンツィオは、恋人の想いを自分の行為の柱とするほうだった。二人は、その夜、アクロポリスの円柱のかたわらで、夜を明かした。

翌日から十日ばかりの間、二人は、アテネの町の見物に歩いた。そして、次の一カ月、ジョヴァンナは、一千年以上も昔にこの地に花咲いた文化について、勉強するのに費やした。この間の二人の食と住は、当地にあるベネディクト派の僧院が、引き受けてくれたからである。

しかし、修道院にいつまでも滞在していては、始終、ジョヴァンナの正体があばかれる危険におびえてくらさねばならない。二人は、二人だけの城が欲しかった。親切な修道士たちは、彼らの希望を、修行に専心するためであろうと考え、アテネの町の郊外に、今では空屋になっている小さないおりを使えるよう、とりはからってくれた。

ジョヴァンナとフルメンツィオは、喜び勇んでそこに移った。綿くずを詰めたマットレスを手に入れることまで出来、二人は、この豪勢な家具に有頂天になった。そのほかには、肉を焼くための長い鉄の棒、銅製の鍋《なべ》、オリーブ油の入った壺《つぼ》、二匹の山羊、十羽のにわとり。これらが、彼ら二人の全財産であった。その他に、アテネ市街見物の時から二人の後に従《つ》いてきた、一匹の駄犬もいた。

ここでのジョヴァンナの日常は、平安そのものだった。朝、まだ陽が昇らないうちに、山羊の乳をしぼり、朝露でしめった草をふんで、山羊たちを、いおりの外の草地に放してやる。それから、近くにはえているいちじくの木から、冷たい新鮮な実をもぎ、にわとり小屋へ行って卵を取り、帰ってきてゆでる。そして、まだ眠っているフルメンツィオを起して、朝食がはじまるのだった。朝食の後は、二人して川へ行き、魚を獲《と》ったり、野原に遊ぶ野うさぎ狩りをしたりして過した。野うさぎを手にしていおりへもどると、うさぎの始末はフルメンツィオにまかせ、ジョヴァンナは、いおりの中の最も静かな場所に坐り、書物を読みはじめるのだった。彼女の読書の範囲は、初期キリスト教の学者たちのものから、古代ギリシアの哲学者のものにまで広がっていった。これらの筆写本は、僧院の僧たちが貸してくれたのである。読書の量が増えるにしたがって、ジョヴァンナの心は、プラトンやテオクリトスやソクラテスの饗宴《きようえん》に列している想いに満ちるのだった。夕食は、いおりの外に立っている大きな松の木の下でするのが、決りのようになっていた。そこからは、夕日を受けて金色に輝く、エーゲ海を見わたすこともできた。いおりには、修道士たちが、しばしば訪れた。ジョヴァンナは、それらの訪問客を歓迎し、彼らに夕食をすすめ、彼らと話すのを好んだ。そんな時、フルメンツィオだけが会話から一人取り残された。彼は、ジョヴァンナを愛するあまり、彼女のためばかりを考えて生活していたために、一人の男としての進歩が、止ってしまっていたのだった。反対に、ジョヴァンナは、ますます彼女の素質に磨きがかかっていた。

北国から来た若い僧ジョヴァンニの、人並みはずれた知性と深い教理上の知識と美しさが、アテネ中の評判になるまでに、それほど長い年月を必要としなかった。彼の（いや彼女の）徳をしたって訪れて来る人々には、もはや、修道士だけでなく、アテネ聖職界の高位の人々や政府の高官も混じるようになっていた。司教も、彼女のいおりの、常連の客であった。まもなく、僧ジョヴァンニの評判は、アテネだけにとどまらず、ビザンツ帝国の首都コンスタンティノポリスにまで、知られるようになった。コンスタンティノポリスからの旅人は、アテネを通れば、このベネディクト派の修道士の許《もと》を訪れないで過ぎる者はいないとまで言われるようになった。これらの人々は、ジョヴァンニの知性と教養をしたって訪れるのであったが、実際に会った後は、彼の（いや彼女の）美しさに、誰もが讃嘆の思いをおさえることができなかった。やはり女であるだけにジョヴァンナは、これらの訪問客の讃美を、心地良い思いで受けないではいられなかった。平たく言えば、悪い気はしなかったということである。

はじめのうち、フルメンツィオは、愛する人を取り巻く名声と賞讃を、自分のことのように喜んでいた。ジョヴァンナが、ますます美しく知的になっていくのを、心からの幸福を味わいながら、かたわらで眺めているのに満足していた。しかし、恋は、より多く愛した者が敗者になるものだ。彼が、自分を捨ててジョヴァンナを愛すれば愛するほど、ジョヴァンナのほうは、彼から離れていくように思われてきたのだった。ジョヴァンナが、時にする冷たい眼差しが、フルメンツィオの胸を鋭く刺して、彼を一日中、暗い気持におとすこともあった。

それでも彼は、しばらくは、自分の苦しみをあらわさないように努めた。しかし、ついに耐えきれず、恋人の足許に身を投げ出し、涙と嘆きの言葉を、狂ったようにほとばしらせる時があった。ジョヴァンナは、それでもはじめは、この長年連れそった男の苦悩をやわらげようと、説得と愛撫でやさしくなだめようとしたのだが、ついにはそれもいやになり、泣きわめくフルメンツィオを残して、一人外に出てしまうこともあった。

果てしない苦悩に日夜さいなまれはじめたフルメンツィオは、ジョヴァンナをいっきに殺してしまうか、それとも、彼女を捨てて自分はどこかへ行ってしまうかとまで、考えるようになった。だが、そのいずれも、恋人を永久に失うと思えば、彼には、決心するどころか考えることさえも、頭をふって追い払うべきおぞましいことだった。フルメンツィオは、そんな時、悲しい顔つきのまま、黙って、夕食のためのにわとりの羽をむしったり、まきを割ったりしていた。そんな彼に、ジョヴァンナは、いおりの中から、書物を読みながら、または訪問客と哲学上の議論をしながら、冷たい視線を投げるだけだった。またも平たく言えば、ジョヴァンナは、フルメンツィオがもの足りなくなったのである。

男の涙と哀願と口論に、女は冷たい視線と沈黙で応《こた》える日が、ますます多くなっていった。だが、不幸なフルメンツィオは、ジョヴァンナの沈黙の底に、なにが芽生えつつあるかに気がつかなかった。ジョヴァンナは、八年間を過したアテネを、去る気持になっていたのである。

そんなある日、いおりの外の松の木の下から海を眺めていたジョヴァンナは、白い帆を陽に輝かせて、一隻の船が港へ入るのを見た。その陽を受けて純白に輝く帆が、ジョヴァンナには、自分を救い出してくれる天使の白いつばさのように思えた。彼女は、港へ降り、おりから上陸した船員の一人に、船はどこへ向うのかとたずねた。船員は、船はイタリア船で、明日の朝早く、ローマへ向けて出港すると答えた。ジョヴァンナの考えは、これで決った。

いおりへもどった時は、ちょうど夕食時になっていた。食事は、すでにフルメンツィオの手で、すぐにも食べられるように用意してあった。帰ってきたジョヴァンナを見て、フルメンツィオは、彼女の脚を暖めようと、火の中に新しいまきを入れた。

フルメンツィオのかいがいしい献身の姿を見ながら、ジョヴァンナの胸中には、以前の夢がもどってきた。一瞬、彼女は迷った。十五年間、苦も楽もともにしてきたこの男を、ローマまで連れて行こうかと、彼女は考えた。しかし、ローマへ行っても、またもとの涙と哀願と口論になやまされる生活が再開されるのかと思えば、その気にもなれない。彼女は、やはり置いていこうと決めた。

だが、ジョヴァンナは、フルメンツィオに、なにも真実を明かさなかった。別れも、告げないことにした。夕食も終り、寝床に横になった彼女は、やさしく男を呼んだ。そして、彼の頭を自分の胸にだき、指でやさしく男の髪の毛をまさぐってやり、接吻で、男の顔をおおった。フルメンツィオは、いつにない恋人のやさしさに、天にも昇るような気分になった。彼は、嬉し涙で恋人の胸をぬらすのを気づかいながらも、一時も離れられないようだった。こうして、その夜、フルメンツィオは、これまでの長い苦悩を洗いおとしたような幸福な顔で、ジョヴァンナの胸に顔を埋めたまま、寝入ってしまった。

だが、翌朝、まだ寝ぼけまなこのまま、かたわらの恋人の腕をまさぐったフルメンツィオは、マットレスの上が空であるのに気づいた。夜は、まだ完全に明けきっていず、あたりには白い朝霧が流れていたが、ジョヴァンナの姿は、いおりの内にも外にも、影も形もなくなっていた。狂ったようになったフルメンツィオは、山羊小屋やにわとり小屋も探し、近くの野を走りまわって、消えた恋人の名を呼んだ。しかし、そのどこにも、ジョヴァンナの姿はない。フルメンツィオは、丘を降り、ベネディクト派の僧院の門を狂ったようにたたいたが、ここでも答えは同じだった。それでも彼は、探しまわるのをやめなかった。アテネ中のあらゆる場所、ジョヴァンナが行きそうなすべての場所を探したが、誰一人として、その朝、ジョヴァンナの姿を見た者はいなかった。

万策つきたフルメンツィオは、別にそうと決めたわけでもないのに、自然に海岸に向っていた。海は、朝の澄んだ大気を吸って、深い青で広がっていた。

その時、なに気なく水平線に眼をやったフルメンツィオは、櫂《かい》の動きもリズミカルに、今しも水平線に向って去って行く、一隻のガレー船をみとめた。そして、甲板の上に立ったままの一つの姿を見た時、彼は、それがジョヴァンナであることをはっきりと知った。フルメンツィオは、大声で愛人の名を叫んだ。波打ちぎわを走りながら、彼は、狂ったようにジョヴァンナを呼んだ。だが、聴えたのか聴えなかったのか、甲板上の姿は動かない。

フルメンツィオは、僧衣のまま、海に飛びこんだ。泳ぎながらも、彼は、なおも愛人の名を叫び続けた。しかし、泳ぐといってもバタバタと水をかくだけのフルメンツィオだ。そんな彼を嘲笑うかのように、帆がするするとあがった。そして、速力を増した船は、見る間に水平線の彼方《かなた》に消えて行った。涙と海水の両方でびしょぬれの、哀れなフルメンツィオ一人を残して。

それにしても、ジョヴァンナのヒッピーぶりもたいしたものであった。一銭も使わずに、地中海を西から東へ行き、帰ってきたのだから。

だが、現代ならば女だと得なのだが、当時は、僧衣を着けていると、たいがいの船が拾ってくれたのである。現代ならば、医者の乗船は歓迎するが、当時では、病人が出ても、治るよりも治らない可能性のほうが強かったから、治らない場合に始末をつけてくれる僧侶を、タダ乗りさせるほうが、船員や乗客たちを安心させるのに役立ったのだった。なにしろ、最後のざんげをしないであの世に旅立つと、天国にすぐに入れてもらえず、しばらくの間、煉獄で苦しまなければならないということになっていたからである。ざんげを聴いてやって、あの世に安らかに旅立てるよう祝福を与えることのできるのは、僧侶だけの専売特許であったからだ。

と言う具合で無事ローマに着いたジョヴァンナは、これほどの利点のある僧衣を脱ぐことなど考えもしなかった。しかし、彼女は女である。男装が暴露される心配がいやなあまり、女装にもどってもいい頃ではないかと、普通ならば思うところだが、彼女はそれもしなかった。女にもどっても、行く先はせいぜい尼僧院だし、そこでは、またもとの筆写の仕事か、うまくいっても、尼僧院長になるのが出世の行きどまりである。三十二歳になっていたジョヴァンナは、そんなことではあきたらない野心を持ちはじめていた。長年勉強したのだ。それを、このキリスト教世界の首都ローマで、ぞんぶんに生かしてみたいと考えたとて、誰が彼女を非難できよう。ジョヴァンナは、男装を続けることに決めたのだった。三十二歳といえば女盛りだが、アングロ・サクソン系の彼女は、他の女たちのように、脂がのってぽってりとしてくることもない。あいかわらず細面《ほそおもて》の顔に、身体の線もすんなりと伸び、北国人特有の背の高さとともに、少々中性的ながらも美しい僧侶ぶりであったのだ。

ジョヴァンナが到着した頃のローマは、後に聖人になるレオーネ四世が治めていた。この法王は、慈悲深い行いのために聖人になったのではなく、サラセン人を敗かしたりして、はなはだ武張った奇跡によって聖人とされた男だが、ジョヴァンナが会いに行った頃は、もはや年老いていて、だいぶおとなしくなっていた。

一介の修道士に、キリスト教界の最高の地位にある法王ともあろう者が、こうも簡単に会うのかと、現代の法王庁を知っている人は、不思議に思うかもしれない。しかし、これは、中小企業の社長が工員に気がるに会うのと同じなのだ。九世紀のローマ法王庁は、まだ中小企業ぐらいでしかなく、現代の法王庁は、大企業と考えれば納得いくことである。ただし、中小企業であろうとも、九世紀の法王庁は、他に競争相手のいない、独占企業であったことがちがっていた。

こんな事情があって、ジョヴァンナと法王レオーネ四世は、一時間以上も話しあった。法王は、若い修道士の学識にいたく感心し、ローマにある、聖マルティーノ学院の神学教授に任命したのである。ヨーロッパではじめての大学が出来るのは、これより三百年以上も後のことだから、学院といっても、これが最高の学府であったのだ。伝統もあり、有名な聖アウグスティヌスも、この学院で教えたということになっていた。

ジョヴァンナは、ローマの最初の数日を、市内の見物にあてた。ここには、キリスト教と異教の、奇妙な混合があった。古代ローマの神々を祭ったかつての神殿は、キリスト教の教会に変っているのは、どこでも同じだったが、その変りようがちがっていたのである。

現代のアメリカの法学者が言った言葉に、こういうのがある。

「ローマは、三度世界を征服した。一度は武力で、次は法律で、三度目はキリスト教で」

武力と法律は古代ローマ時代にやったのだが、最後の征服は、ちょうどこの頃からはじまっていたのである。すなわち、キリスト教がローマ化しつつあり、そのローマ化したキリスト教であるカトリックによる征服が、はじまりつつあったのだ。それは、十字軍で頂点に達し、ルネサンス時代まで続くものである。

キリスト教の教会の中で、古代ローマの神々が守護聖者になって生き続け、人々も、異教ふうの祭りを好む。法王庁も、庶民のこの願望にそうように、教会のミサの中にも、異教的な要素を織りこんでいく。庶民は貧しかったけれど、さすがに世界を征服したことのある人々の子孫であるだけに、品格というものがあった。庶民の品格とは、小さなことにこだわらず、何事にもあわてず騒がず、しごくのんびりして、世の中を鷹揚《おうよう》な気持で生きていくことである。清く厳しいキリスト教も、ここローマでは、おおらかに何もかも寛容に包みこんでしまう、陽気で楽しいローマ的なものに変っていくしかなかった。そうでないと、庶民はそっぽを向くのだから。

ジョヴァンナは、この他に、もう一つのことを学んだ。法王以下の司教たちの豪勢な服装と、ミサの華麗さを、非難の眼で見てはいけないということである。ここローマでは、アテネでのように、うじ虫としらみの巣のような僧は、いかに徳が高かろうと、人々から嫌われた。快適な生活を好んだ、古代ローマ人の現実的な心情を受け継いでいる都なのだ。庶民は、来世の幸福は信じてはいたが、現世の楽しさも捨てるほど、精神的ではなかった。庶民から見れば、自分たちが不可能なことでも、自分たちの代表である人々にとって可能ならば、それもまた、自分たちの喜びとするところなのだ、と考えていたのである。豪華な教会も、神の家であるとともに自分たちの家でもあるのだから、美しくあればあるほど、彼らの満足も大きくなるわけだった。実際、中世の教会は、庶民にとっては集会所であり、若い娘を品定めに行く場所でもあり、生れた子の誕生を祝うところであり、何か起れば相談に行く場所であり、自分たちの死を、飾ってくれるところでもあった。

利口なジョヴァンナは、これらローマ的なことを、早くも理解したのだった。彼女は、もはや、いおりに住もうとしなかった。身体もよく洗うようになったし、僧衣も、新しいちゃんとしたものを着けるのを心がけるようになった。

学院でのジョヴァンナの授業は、まもなく、教場が学生であふれんばかりの評判になった。当時は、神学部以外に学部がなかったから、彼女は、神学から哲学、歴史から医学にいたるまで、あらゆることを教え、学生たちの質問に答えねばならなかったのだが、ここでもジョヴァンナの広い学識は、群を抜いて光っていた。その頃は、僧といっても字も書けないほど無学なのが多く、その中で、ラテン語はもちろんのことギリシア語まで解し、アリストテレスの哲学まで講義してのけるジョヴァンナは、闇夜《やみよ》の海を照らす灯台のように、人々を魅《ひ》きつけたのである。大神学者トマス・アクィナスが出るのは、これよりずっと後の話であった。

学院に来るのは学生だけでなく、法王レオーネ四世も、彼女が住む学院の隣りの僧院に、よく訪ねて来て、ジョヴァンナの話に耳をかたむけるようになった。それだけでなく、ことのほかこの若い教授の学識と人柄に感心した法王は、ジョヴァンナを、法王の特別私設秘書に任命した。ジョヴァンナは、いよいよ、ローマ法王庁の内部に入るのに成功したのである。

最初、法王の側近たちは、この新参の外国人を白い眼で見ていたが、それもまもなく変った。

ジョヴァンナが外国人で、このローマに親族も持たないところから、利己的な考えなど持たなく、彼女を通じて法王に何かを頼みこんでくる人々に対して、実に理にそった処置をするのを見て、安心したのである。法王のお気に入りが、それをかさにきて利をむさぼるのに慣れていた人々は、ジョヴァンナに、心から敬服するようにさえなった。学院と法王庁の両方から、ジョヴァンナの良い評判が、ローマの庶民の間にまで浸透するのに、それほど長い時は必要でなかった。ローマの地をふんでから二年後、彼女は、学院と法王庁と一般庶民から、すなわちローマ中から、聖アウグスティヌスの再来とまで、賞《ほ》めたたえられるほどになった。

とかくするうち、老法王が病に倒れた。キリストのまねをして、水の上を歩こうとし、湖の中にふみこんだのはいいが、やはり奇跡は起らず、水にぬれて風邪をひいたのである。だが、老年であったため（これを年寄りの冷水《ひやみず》と言う）、単なる風邪ですまなかった。医者から占い師まで総動員されたのだが、病状はますます悪くなるばかりである。それではと、当時の最後の治療法を試みることになった。もちろん、法王自身も承知のうえでである。その方法とは、絶食させて放り出し、天使の救いを待つ、というのであった。

病みおとろえた法王は、黒い葬式用の馬車に病床ごと積まれ、聖ラテラノ教会の地下の一室に運ばれた。そして、こうこうと灯ったろうそくの列と医者と僧たちに囲まれ、横たわったまま天使の救いを待つことになった。こんな状態では、何よりも眠るわけにはいかなかったであろうと思うが、これもまた中世的なのだからしかたない。

しかし、この信仰深い老法王にとっては気の毒なことに、天使は救いにあらわれなかったらしく、いや、天国へ連れて行くのにあらわれたのかもしれないが、三日の後、法王は死んだ。遺体は、オリーブ油と香料で洗われ、うじ虫に預けられたのである。すなわち、墓所に葬られたのだった。

悲しみの後には喜びが訪れると言うが、ローマ法王の死の後ほど、これを如実《によじつ》に示してくれるものも少ない。人々の涙はすぐに乾き、新法王の選出に夢中になるからである。

九世紀のこの頃は、法王を選ぶのに、現代のように枢機卿会議を開き、彼らだけで選ぶなどという秘密主義ではなかった。枢機卿という立場が出来るのも、これより数百年も後のことである。

法王選出のための枢機卿会議をコンクラーベと言うが、これは、枢機卿たちをある場所に閉じこめ、扉に鍵をかけて、新法王が選出されるまで外に出さないことから来た言葉である。鍵を、キアーベと言い、〈鍵で〉の〈で〉が、コンと言うわけだ。高校で習う歴史では、根くらべと覚えろと先生が言うが、これも、偶然にも事実と一致しているのである。なぜなら、誰もが自分が法王になりたいと思うから、自分に一票を投ずるので、結果はいっこうに出ない。そこのところを、三日目からはパンと水だけしか与えないと規則を作ったり、権謀術数で工作したりして、ようやく一人を選ぶのが歴史的事実であったから、まさに根くらべそのものなのであった。

聖《サン》ピエトロ広場は、人であふれんばかりだった。司教も修道士も一般の民衆も、ごちゃまぜである。広場も、今日見られるように回廊がめぐり、石敷きで、正面に大寺院がそびえているわけではない。このようになるのは、八百年以上も後の十七世紀になってからだ。九世紀の当時は、さして大きくない昔の聖ピエトロ寺院の前の広場は、少し雨が降らなければ土ぼこりの立つ平地であるにすぎなかった。そこに集まった群衆を目あてに、ちょっとした食物とぶどう酒を売る市《いち》まで、手ぎわよく出来ていた。

その時の選挙には、有力な何人かの司教たちの名もあげられていた。しかし、ジョヴァンナ派の運動員は、学院の四百人の学生である。学生運動というものは、こうして、最初のうちはけっこうまっとうなことをするものである。これらの学生が、精力的に群衆の間をまわって説いたり、ぶどう酒をおごったり、有力者たちには、手に金貨をにぎらせたりしたので、戦況は、だんだんとジョヴァンナに有利になりつつあった。この若い教授の無欲と学識の広さは誰もが知るところだったから、僧ジョヴァンニを法王にの声は、ますます他を圧して大きくなった。

民衆は、直接には投票権は持たなかったらしい。だが、こうも身近で圧力をかけられては、票を持つ人々も、影響を受けないですむわけがなかった。ローマの民衆にとっては、法王は、自分たちの信ずる宗教の長だけではなく、ローマ市の首長でもあったから、現実的な生活にもおおいに関わりがあり、そのために、ひどく関心があったのである。

この現象は、中世だけにとどまらず、ずっと後、法王庁国家が消え、今のようにヴァティカン市国なんて惨めなことになる十九世紀まで、曲りなりにも続くのである。十六世紀には、こんな話がある。イタリア人のメディチ枢機卿の選出を望んでいたローマの民衆が、それどころかオランダ人が法王に選出されたと知った時、コンクラーベを終えてテヴェレ河を渡ってきたイタリア人の枢機卿たちに向って、馬鹿野郎のオタンコナス、どこにキンタマを忘れてきやがったんだ、と罵声《ばせい》を浴びせかけ、民衆の悪罵《あくば》の降る中を、メディチを選出させようと策を練りながら、策だおれになってくしゃんとなっていたイタリア人の枢機卿たちがいかにも申しわけないように頭をたれて歩いて行ったと、当時の年代記は書き残している。

民主的となっている今日のわれわれの選挙では、勝ってバンザイを唱し、落選して泣くのは、われわれ投票者ではなく、代議士の諸先生方だけではないか。民主主義とは、案外と、民衆と離れたところに存在するものらしい。

ジョヴァンニ八世の名のもとに法王になったジョヴァンナは、金らんのマントを着けさせられ、聖《サン》ジョヴァンニ・イン・ラテラノ寺院での即位式にのぞむため、ローマの街を、金らんの馬布で飾られたろばに乗って進んだ。途中の道路ぎわは、ぎっしりと群衆で埋まり、彼らの大歓声が耳もろうするばかり。ジョヴァンナの法王即位に、人々が満足していることを疑う者は、その日のローマには一人もいなかった。

ラテラノ寺院での即位式も、厳かで華やかに行われた。新法王の頭上に、ローマと世界と天を支配するしるしの三重冠がかぶせられる。ちょうどその日に、英国王がローマに巡礼に来ていたのが、ジョヴァンニの得た地位（中小企業の社長ではあっても、独占企業の社長的な地位）を示すのに、まったく都合がよいことになった。英国王は、新法王の純白の法王衣のすそからのぞく足先に、ひざまずいてうやうやしく接吻した。神聖ローマ帝国皇帝の特使もそれにならい、東ローマ帝国皇帝の派遣した特使は、数々の珍しい献上品に加えて、シチリアのシラクサの町を、ローマ教会に捧げる皇帝の意を告げた。シチリアは、当時はアラブ人の支配下にあって、だから、東ローマ皇帝としては、自分のものでもないものを贈ったわけだが、こういう例はやたらとあり、シャルル大帝なども かつて、法王にシチリアを捧げたりしている。だが、自分でほんとうに所有しているものは、なかなか捧げようとしなかったから、そのために起る皇帝と法王の絶え間ないケンカが、中世時代の特色の一つになる。だが、九世紀の頃はまだ、他人のものを献上されても、献上されたということだけで満足するほど、法王庁も中小企業程度であったし、皇帝も同じような程度であったので、ケンカも、起りようがないだけだった。

二年半におよぶ法王ジョヴァンニ八世の治世は、なかなかに良政であったと言われる。対外的にも対内的にも、それほどたいした事件がなかったからかもしれないが、まずは及第点をあげてもよいほど、手痛い失政はしなかったらしい。法王の玉座に坐る彼、（実は彼女）も、日が経つにつれて、堂々とした威厳さえもそなえ、若い法王なのにと一まつの不安をいだいていた人々を、あらためて感心させたくらいだった。

だが、外見が、法王らしくさまになればなるほど、ジョヴァンナの心中は、騒がしく動き出していたのである。彼女は、三十五歳を越えた自分を感じていた。

人間は、野望実現の過程では、異性のことなどは忘れてしまったとて、たいして残念にも思わない。だが、いざ自分の夢が実現したとなるとちがってくる。とくに、自分の人生がこのまま終るのかと思うと、胸の中がゆらいでくるものだ。ジョヴァンナは、アテネでフルメンツィオを捨てて以来、男にふれていなかった。いや、ふれてくる男には不足していなかった。彼女の手に、足のつま先に、うやうやしく接吻してくる男たちには。彼女は、女がかつてあがったことのない地位に坐っている。キリスト教世界の男女の心を支配する地位に、皇帝よりも王よりも高いとされている法王の地位に、坐っているのだった。それなのに、ある朝、数本の灰色の毛を金髪の間に見つけた時から、彼女の心は騒ぎだしたのだった。

豪華な法王宮内で仕事する者の中に、パオロと呼ぶ若者がいた。一種の侍従のような役目が、この若者の仕事だった。その役目柄、若者は、法王宮内で寝起きし、自室も、法王の私室のすぐ近くにもらっていた。若者は、学識深く美男の法王を、心から尊敬していた。彼の熱心な仕事ぶりは他を圧していて、法王もそれを認め、何かと彼に頼むことが多かった。パオロは、二十歳になったかならずの若さだった。

二人の間の恋が、どのようにはじまったのかは知られていない。だが、法王が実は女だったと知った時の若者の驚きがどんなであったのかを想像し、法王猊下《げいか》の乳房を愛撫するという、歴史はじまって以来のことをする時の、キリスト教徒である彼の心境はどうだったのかと想像する時、誰もが思わず、口の端に笑みが浮ぶのをおさえることができないであろう。おそらく、法王のジョヴァンナ、十五歳以上も年上の女だった彼女が先に誘ったのであろう。

いずれにしても、今度は、男装して修道院の中でくらすのとも、いおり住まいの修道士の生活ともちがっていた。法王なのである。男装が暴露されれば前代未聞のスキャンダルになることは確実であり、だから、恋も、絶対に秘密に保たねばならなかった。

だが、今度ばかりは前のように、ことがうまく運ばなかった。ジョヴァンナにとって不幸なことに、彼女は妊娠してしまったのである。こういうことには不慣れな彼女は、腹部が前にせり出してくるまで気づかなかった。たとえ、その前に気づいたとしても、当時では、とくに法王庁の中では、手のほどこしようもなかったであろう。

月が進むにつれてふくらみを増す腹部は、ひだの多いゆったりした法王衣が隠してくれた。いざ月満ちる時になれば、病気と称し、法王の私室で秘かに産みおとし、産れた子はパオロが、これまた秘かに外部に持ちだして、誰か信頼できる人に預けるつもりでいたのかもしれない。しかし、月満ちる日をあらかじめ計算できるようなことには、当時の人々はまったく無知であった。その日は、突然にやってきたのである。

聖ジョヴァンニ・イン・ラテラノ寺院で行われる祝祭ミサを司祭するために、法王ジョヴァンニ八世がヴァティカンを出、テヴェレ河を渡って行く道中で、ジョヴァンナは、ひどい腹痛に襲われた。だが、行列を引き返させるわけにはいかない。彼女は、法王用の輿《こし》の上に坐りながら、必死で激痛に耐えようとした。沿道の群衆からあがる歓声が、今日ばかりはわずらわしく聴える。

ラテラノ寺院に着いた時、激痛は嘘のように消えていて、彼女をほっとさせた。しかし、ミサがはじまってしばらくした時、再び、同じ痛さが襲ってきた。彼女は、ほとんど人間とは思えないほどの意志力で、これにも耐えぬいた。激痛は、波のように、消えたりあらわれたりをくり返して、延々と続くミサの間中、彼女を苦しめた。彼女のひたいに冷たい汗がにじむ。

だが、ミサが終りに近づき、讃美歌の合唱がはじまった時、ついにジョヴァンナは耐えきれなくなった。青い顔で祭壇の前の石段の上に倒れてしまった。彼女は、気を失っていた。人々が走り寄ろうとした。その時、金らんの法王衣のすそから、真紅の血があふれ出し、大理石の階段を伝わって流れ出したのを、多くの人々が見た。教会の中は、何事かと驚く人々で騒然となった。その時である。教会の中の空気を破るように、オギャアという声が聴えたのだった。それに誰もが頭を打たれたかのように静かになった時、再び、元気な赤ん坊の泣き声が聴えた。

法王庁の関係者の中の数人が、この、どうにも説明不可能な出来事から、法王を救い出そうとでも考えたのか、突然、大声で叫んだ。

「奇跡だ！　奇跡だ！」

しかし、どうもこれは無駄であったようだ。

子を産みおとした法王は、教会の横にある聖具室に運びこまれてからまもなく、死んだ。意識は、ついに最後まで回復しなかった。

赤ん坊は、法王庁から追放されるのも覚悟で事実を白状し、涙ながらに、子供だけはほしいと願ったパオロに与えられた。その後の親と子の消息は知られていない。

いい加減なことの多かった、暗黒の中世のキリスト教世界でも、これは、スキャンダル中のスキャンダルであったろう。ローマ教会は、このすべてを闇の中に葬ったが、民衆は、もっとやさしかった。

女であった法王ジョヴァンニ八世が、祝祭日のたびにヴァティカンから聖ジョヴァンニ・イン・ラテラノ寺院へ通った道に、彼らの手で、まもなく、子をいだいた母の像が建てられた。母親の頭上には、法王の三重冠が形づくられていた。このためか、これ以後の法王たちは、ラテラノへ通う道を変えた。三重冠を頭上にした母子像の前を通らないでもすむように、別の道を行くことにしたのだった。だが、この母子像も、それ以後七百年余りもその場所にあったのだが、一五八五年になって、時の法王シスト五世の命令で、いずことなく持ち去られ、今ではどうなったのかを知る資料さえもない。

もう二つ、歴史的な事実がある。その一つは、トスカーナの町シエナの本寺には、教会のかもいの上に、歴代の法王の頭部の彫刻がずらりと並んでいるが、それが作られた一四〇〇年、誰の反対もなかったのであろう、中に、ジョヴァンナの頭部彫刻もあるのだ。その下には、「法王ジョヴァンニ八世、イギリス出身の女」とまで彫られてあった。だが、これもまた、二百年近くもそこにありながら、一五九二年になって、時の法王クレメンテ八世の命令で取りはずされ、他の法王の頭部彫刻と入れ換えられてしまった。

もう一つの歴史的事実は、今でもヴァティカンのどこかに残っているはずと言われる、大理石の奇妙な椅子である。これは、一五二七年までは確実に、聖ジョヴァンニ・イン・ラテラノ寺院にあったもので、なぜなら、その年に起ったドイツ兵によるローマ略奪の時に、ラテラノから奪われた品を列記した記録の中に、この椅子もちゃんと記されているからだ。この椅子は、普通のものとはちがって、まるで子供用のオマルのように、中央部がくり抜かれているものである。即位式直前の法王はここに坐り、下からのぞく僧によって、立派な男であり、女なんかではないと証明されてからはじめて、即位式にのぞむことができたのであった。ドイツ兵もこんなものはカネにもならないと思ったのか捨てたので、ヴァティカンに持ってこられ、それ以後、あまり外聞もよくない品のことだから、秘かにしまわれ、観光客には見ることができないのである。この奇妙な風習が姿を消したのは、ローマ教会が大企業のように変り、つまり法王には、年老いた、誰にも男とわかる人々が即位するようになってからだと言われる。

最後に、法王庁の公式記録というものをあげておこう。

レオーネ四世　(在位八四七—八五五年)
ベネデット三世　(在位八五五—八五八年)
ニコロ一世　(在位八五八—八六七年)
アドリアーノ二世　(在位八六七—八七二年)
ジョヴァンニ八世　(在位八七二—八八二年)

これを見て、おかしい、レオーネ四世の後はジョヴァンニ八世に続かず、その間に三人もの法王がいるではないか、また、ジョヴァンニ八世の任期は、二年でなく十年ではないか、と思われた読者に、私は答えることができない。中世のこの頃は、史料がひどく少なく、その正確さも信用できないのだ、とも答えられるし、一方、女の法王がいたなどとは、まったくの伝説です、と答えて、終りにすることもできるのである。だが、正直な私は、ほんとうは何もわからないのです、として、ペンを置こうと思う。ただし、同性としては、これがほんとうだったとしたら、なんと痛快ではないか、と思っているとだけつけ加えよう。

正直になったついでに、この文を書くのに参考にした書物も白状しておく。『アレキサンドリア四重奏』で有名なイギリスの作家、ロレンス・ダレルの『女法王ジョーン』である。ただし、この現代のイギリス作家は、文豪シェークスピアほど盗作(?)の度胸がなかったのか、彼もまた、参考にした書物の名をあげている。ギリシアの作家ロイディスの同名の書物を、少々書き直したというわけだ。

この他には、十三世紀に書かれたいくつかの年代記と、グレゴロヴィウスの『中世ローマ史』を参考にした。

創作のヒントを得た資料

○大公妃ビアンカ・カペッロの回想録

十九世紀末に世に出たという同名の偽古文書を土台にした。これは相当に良く出来ていたため、一時期第一史料とされていたことがある。ちなみに古文書の偽造は、ある時期、インテリ貴族の道楽でもあった。

○ジュリア・デリ・アルビツィの話

これは、当時のフィレンツェとマントヴァ、ヴェネツィアの年代記をもとにした。

○エメラルド色の海

ヴェネツィア共和国の海軍史を勉強中に目に留った小話が、土台になっている。登場人物、いずれも実在。

○パリシーナ侯爵夫人の恋

○パンドルフォの冒険

○フィリッポ伯の復讐

○ヴェネツィアの女

以上の四編はいずれも、十六世紀のイタリアの短編作家バンデッロの作品からヒントを得ている。ただし、原作を知っている人なら、明かされて啞然《あぜん》となるにちがいないほど変っているはず。

○ドン・ジュリオの悲劇

『ルネサンスの女たち』の第一編、イザベッラ・デステを書いた時に、主題と密接な関係のないところから、ほんの少ししかふれられなかったものを改めて書いた。フェラーラ年代記が土台になっている。

○女法王ジョヴァンナ

本文中に出典を書いておいた。ただし、ロレンス・ダレルが使用したというギリシアの作家の著作はついに発見できなかった。だから彼もまた、十九世紀のイタリアのインテリ貴族と同じように、ありもしないものをあると言って、まじめ一方の他国の研究者をほんろうしては愉《たの》しがっている、洒落《しゃれ》っ気たっぷりな粋人かもしれない。

著者

初刊本
『愛の年代記』1975年3月新潮社刊

カバー肖像画
ルクレツィア・パンチアティキの肖像（アニョロ・ブロンツィーノ画）

装幀
新潮社装幀室

塩野七生
（しおの・ななみ）
1937年7月、東京に生れる。
学習院大学文学部哲学科卒業後、
63年から68年にかけて、イタリアに遊びつつ学んだ。
68年に執筆活動を開始し、「ルネサンスの女たち」を「中央公論」誌に発表。
初めての書下ろし長編『チェーザレ・ボルジアあるいは優雅なる冷酷』により
1970年度毎日出版文化賞を受賞。
この年からイタリアに住む。
82年、『海の都の物語』によりサントリー学芸賞。83年、菊池寛賞。
92年より、ローマ帝国興亡の一千年を描く「ローマ人の物語」にとりくみ、
一年に一作のペースで執筆中。
93年、『ローマ人の物語Ｉ』により新潮学芸賞。99年、司馬遼太郎賞。
2001年、『塩野七生ルネサンス著作集』全七巻を刊行。

Nanami SHIONO
Le Cronache Italiani

愛《あい》の年代記《ねんだいき》
2003年9月25日　発行

著者　塩野七生《しおのななみ》
発行者　佐藤隆信
発行所　株式会社新潮社
〒162-8711 東京都新宿区矢来町71
電話（編集部）03-3266-5611（読者係）03-3266-5111
http://www.shinchosha.co.jp
印刷　二光印刷株式会社
製本　大口製本印刷株式会社

乱丁・落丁本は、ご面倒ですが小社読者係宛てお送り下さい。
送料小社負担にてお取り替えいたします。
ISBN4-10-309629-2 C0022

価格はカバーに表示してあります。